낭송

전라북도의 옛이야기

이 책은 한국학중앙연구원(www.aks.ac.kr)이 설화, 민요, 무가 등의 구비문학 자료를 수집정리하여 출간한 '한국구비문학대계' 85권(1980~1992년 발행) 가운데 『한국구비문학대계 5-1 전라북도 남원군편』, 『한국구비문학대계 5-2 전라북도 전주시·완주군편』, 『한국구비문학대계 5-3 전라북도 부안군편』, 『한국구비문학대계 5-4 전라북도 군산시·옥구군편』, 『한국구비문학대계 5-5~5-7 전라북도 정주시·정읍군편』에서 풀어 읽은이가 선별하여 내용을 추리고 낭송에 적합하도록 윤문한 것으로, 한국학중앙연구원의 저작물 이용 허락을 받았습니다.

낭송Q시리즈 민담·설화편 **낭송 전라북도의 옛이야기**

발행일 초판1쇄 2020년 10월 28일(庚子年 丙戌月 甲辰日) | **풀어 읽은이** 김은실 |
펴낸곳 북드라망 | **펴낸이** 김현경 | **주소** 서울시 종로구 사직로8길 24 1221호(내수동, 경희궁의아침 2단지) |
전화 02-739-9918 | **이메일** bookdramang@gmail.com

ISBN 979-11-90351-32-4 04810 979-11-86851-49-4(세트) | 이 도서의 국립중앙도서관 출판시도서목록(CIP)은 서지정보유통지원시스템 홈페이지(http://seoji.nl.go.kr)와 국가자료공동목록시스템(http://www.nl.go.kr/kolisnet)에서 이용하실 수 있습니다.(CIP제어번호: CIP2020043091)

낭송 Q 시리즈

민담·설화편 08

全羅北道

낭송 전라북도의 옛이야기

김은실 풀어 읽음

▶낭송Q시리즈 민담 · 설화편 『낭송 전라북도의 옛이야기』 사용설명서◀

1. '낭송Q'시리즈의 '낭송Q'는 '낭송의 달인 호모 큐라스'의 약자입니다. '큐라스'(curas)는 '케어'(care)의 어원인 라틴어로 배려, 보살핌, 관리, 집필, 치유 등의 뜻이 있습니다. '호모 큐라스'는 고전평론가 고미숙이 만든 조어로, 자기배려를 하는 사람, 즉 자신의 욕망과 호흡의 불균형을 조절하는 능력을 지닌 사람을 뜻하며, 낭송의 달인이 호모 큐라스인 까닭은 고전을 낭송함으로써 내 몸과 우주가 감응하게 하는 것이야말로 최고의 양생법이자, 자기배려이기 때문입니다(낭송의 인문학적 배경에 대해 더 궁금하신 분들은 고미숙의 『낭송의 달인 호모 큐라스』를 참고해 주십시오).

2. 낭송Q시리즈는 '낭송'을 위한 책입니다. 따라서 이 책은 꼭 소리 내어 읽어 주시고, 나아가 짧은 구절이라도 암송해 보실 때 더욱 빛을 발합니다. 머리와 입이 하나가 되어 책이 없어도 내 몸 안에서 소리가 흘러나오는 것, 그것이 바로 낭송입니다. 이를 위해 낭송Q시리즈의 책들은 모두 수십 개의 짧은 장들로 이루어져 있습니다. 암송에 도전해 볼 수 있는 분량들로 나누어 각 고전의 맛을 머리로, 몸으로 느낄 수 있도록 각 책의 '풀어 읽은이'들이 고심했습니다.

3. 최고의 양생법이자 새로운 독서법으로서의 '낭송'을 처음 세상에 알린 **낭송Q시리즈의 시즌 1**은 **동청룡 · 남주작 · 서백호 · 북현무편**으로 이루어져 있으며, 사계절의 기운을 담고 있는 것을 특징으로 합니다. 동청룡편에는 봄의 창조적 기운, 남주작편에는 여름의 발산력과 화려함, 서백호편에는 가을의 결단력, 북현무편에는 지혜와 상상력을 키울 수 있는 고요함을 품은 고전들이 속해 있습니다. 각 편 서두에는 판소리계 소설을, 마무리에는 네 편으로 나눈 『동의보감』을 하나씩 넣었고, 그 사이에 유교와 불교의 경전, 동아시아 최고의 명문장들을 배열했습니다.

▷ <u>동청룡</u> : 『낭송 춘향전』, 『낭송 논어/맹자』, 『낭송 아함경』, 『낭송 열자』, 『낭송 열하일기』, 『낭송 전습록』, 『낭송 동의보감 내경편』

▷ <u>남주작</u> : 『낭송 변강쇠가 / 적벽가』, 『낭송 금강경 외』, 『낭송 삼국지』, 『낭송 장자』, 『낭송 주자어류』, 『낭송 홍루몽』, 『낭송 동의보감 외형편』

▷ 서백호 : 『낭송 흥보전』, 『낭송 서유기』, 『낭송 선어록』, 『낭송 손자병법/오자병법』, 『낭송 이옥』, 『낭송 한비자』, 『낭송 동의보감 잡병편 (1)』

▷ 북현무 : 『낭송 토끼전/심청전』, 『낭송 도덕경/계사전』, 『낭송 대승기신론』, 『낭송 동의수세보원』, 『낭송 사기열전』, 『낭송 18세기 소품문』, 『낭송 동의보감 잡병편 (2)』

4. **낭송Q시리즈 시즌 2**는 고전과 몸 그리고 일상이 조화를 이루는 훈련으로서의 낭송에 초점을 맞추었습니다. **샛별편**에는 전통시대의 초학자들이 제일 먼저 배우며 가장 오래도록 몸과 마음에 새겨 놓은 고전을 담았고, **원문으로 읽는 디딤돌편**은 몸으로 원문의 리듬을 익혀 동양 고전과 자유자재로 접속할 수 있는 힘을 키울 수 있도록 했습니다. 또 **민담·설화편**은 입에서 입으로 전해지는 낭송의 진수를 보여 주는 우리나라 각 지역의 옛날이야기들을 모았으며, **조선왕조실록편**은 조선 태조로부터 철종에 이르기까지 25대 472년간의 역사를 연월일 순서에 따라 편년체로 기록한 조선왕조실록을, **여행기편**은 근대 이전 여행의 기록들을 낭송에 맞게 새롭게 엮었습니다.

▷ 샛별편: 『낭송 천자문/추구』, 『낭송 명심보감』, 『낭송 격몽요결』, 『낭송 사자소학』

▷ 원문으로 읽는 디딤돌편: 『낭송 대학/중용』, 『낭송 주역』, 『낭송 논어』

▷ 민담·설화편: 『낭송 강원도의 옛이야기』, 『낭송 경기도의 옛이야기』, 『낭송 경상북도의 옛이야기』, 『낭송 경상남도의 옛이야기』, 『낭송 인천·경기북부의 옛이야기』, 『낭송 전라남도의 옛이야기』, 『낭송 전라북도의 옛이야기』, 『낭송 제주도의 옛이야기』, 『낭송 충청남도의 옛이야기』, 『낭송 충청북도의 옛이야기』

▷ 조선왕조실록편: 『낭송 태조실록』, 『낭송 태종실록』, 『낭송 세종실록』, 『낭송 성종실록』

▷ 여행기편: 『낭송 18세기 연행록』, 『낭송 19세기 연행록』

5. 낭송Q시리즈 민담·설화편 『낭송 전라북도의 옛이야기』는 『한국구비문학대계』 전라북도 군산시, 전주시, 남원군, 부안군, 완주군, 옥구군, 정읍군 편을 대본으로 하여 풀어 읽은이가 그 편제를 새롭게 해서 각색하고 엮은 것입니다. 단, 각 이야기의 출처 지역은 행정구역의 변동 등으로 분명치 않은 곳이 있어 『한국구비문학대계』에 표기된 지역을 그대로 따랐습니다.

차례

全羅北道

3부

4부

5부

6부

7부

8부

全羅北道

머리말

옛이야기를 굽다

1. 이야기가 발효되는 시간

매일 아침 나의 작은 오븐 안에서는 작은 기적이 일어난다. 밀가루 반죽이 마치 살아 움직이듯 봉긋하게 부풀어 오르기 시작하는 것이다. 그리고 어느새 향긋한 냄새가 공간을 가득 채운다. 내가 가장 행복해지는 순간이다.

나는 이스트 대신 천연효모로 빵을 만든다. 물과 천연재료가 공기와 만나 분해되며 생기는 천연효모의 발효 세계는 신비롭다. 다양한 효모들은 크거나 작거나, 힘이 세거나 약하거나 상관없이 서로 힘을 합해 빵을 부풀린다. 이렇게 자연의 힘만으로 천천히 발효된 빵은 세상에서 하나밖에 없는 자기만의 맛과 향으로 재창조된다.

옛이야기도 그렇다. 다양한 효모들이 그들의 생명력만으로 빵을 만들어 내듯이 옛이야기 역시 삶에 대한 지혜와 희망을 생명력으로 삼아 오랜 세월 동안 서로 섞이고 숙성되면서 상상의 세계를 만들어 냈다. 옛이야기에서는 현실에서 불가능한 일들이 자연스럽게 벌어진다. 낚시꾼이 잉어를 타고 용궁에 가기도 하고, 효심에 감동한 호랑이와 친구가 되기도 한다. 또 저승에 간 사람이 남의 복을 빌려서 다시 살아나기도 하고, 방귀 소리 하나로 정승집 딸과 혼인에 성공하기도 한다. 이것들은 모두 현실에서는 불가능한 꿈같은 일이다.

용왕의 사위가 된 낚시꾼은 굶기를 밥 먹듯 하던 사람이었다. 어렵게 잡은 잉어를 놔주는 것이 쉽지 않았을 것이다. 그에게 잉어는 밥이고 생명줄일 수도 있기 때문이다. 그러나 낚시꾼은 한낱 잉어에게도 측은지심을 느끼는 가슴 따뜻한 사람이었다. 사람들은 각박한 세상살이에도 인간의 도리와 품위를 잃지 않았던 낚시꾼 이야기를 하며 삶의 고비마다 마음을 다잡을 수 있었을 것이다. 이것이 이야기가 가지고 있는 삶의 지혜이다.

또 죽었다 다시 산 사람의 이야기는 어떠한가. 염라대왕이 빌려준 남의 복으로 부자가 되었지만 약속한 30년이 되자 자신의 재산을 모두 복을 빌린 사람에게 준다는 이야기이다. 내용으로 본다면 자신이 빌려 쓴 복을 원래대로 되돌려 준 이야기지만 그 안에는 또 다른 삶의 지혜가 담겨 있다. 이야기의 주인공이 다른 사람의 복을 빌려 살았듯이 우리 역시 타자의 도움 없이 혼자서 살 수 없다. 옛이야기에는 가진 것이 많은 사람일수록 타자와 함께 사는 삶을 위해 절제와 나눔의 삶을 지향해야 한다는 삶의 철학이 스며 있다. 옛이야기의 세계는 상상 속 가짜 세계가 아니다. 거친 현실 세계를 살게 하는 힘과 철학이 담긴 리얼 팩트의 세계이다. 그리고 이것이야말로 옛이야기가 잊혀지지 않고 입에서 입으로 전해질 수 있었던 생명력이다.

빵을 만들 때 레시피에만 의지한다면 낭패 보기 일쑤다. 같은 레시피라 해도 습도와 온도에 따라 천차만별의 결과물이 나오기 때문이다. 결국 맛 좋은 빵을 얻기 위해서는 오랜 시간 반죽과 발효의 과정을 되풀이하며 몸의 감각으로 적절함을 알아야 한다. 옛이야기 역시 정해진 하나의 틀로 만들어지지 않는다. 이야기는 사람들의 입을 통해 더해지고 덜어지는 과정을 수없이 반복하며 장소와 사람에 따라 다르게 발효되고 숙성되며 재창조된다.

2. 전라도 민중들의 이야기

내 고향은 전라북도 완주군 봉동읍이다. 나는 그곳에서 행복한 유년시절을 보냈다. 온 동네는 모두 나의 놀이터였고, 놀다 지치면 정자에 모여 계시던 할머니들에게 달려가 옛날얘기를 해달라고 졸랐다. 그리고 그때 들었던 이야기들은 어른이 된 지금도 가슴 한편에 보석처럼 빛나고 있다. 그래서였을까. 어느 날 생각지도 않았던 옛이야기 낭송집 제의가 들어왔을 때 가슴이 뛰었다. 그리고 내 고향 전라북도의 이야기 작업이라고 듣는 순간 어릴 적 들었던 할머니들의 따뜻한 목소리와 웃음을 다시 만날 수 있다는 생각에 마음이 설레었다.

전라북도는 넓은 평야와 노령산맥을 타고 흐르는 산악지대로 이루어진 곳이다. 사람들은 드넓은 평야를 삶의 터전으로 삼고 농사를 지으며 살았다. 그래서일까 전라북도 옛이야기에는 가족을 비롯해 농촌공동체와 관련되어진 이야기들이 많다. 효자나 우애 있는 형제, 신의가 두터운 친구의 우정 등과 같이, 함께 삶을 살아가는 민중들의 진솔한 이야기들이다. 또 해학과 풍자가 넘치는 이야기들에서 순하고 느긋한 전라북도 옛사람들의 품성이 느껴진다.

낭송 전라북도의 옛이야기는 모두 8부로 구성되었다.

1부는 영웅들의 이야기이다. 태어날 때부터 비범한 능력을 가지고 태어났지만 꿈꾸는 세상을 만들지 못하고 저항하다 죽어간 영웅들의 이야기이다. 아기장수 우뚜리는 한 하늘 아래 두 영웅이 있을 수 없다는 논리하에 무참하게 죽을 수밖에 없었던 영웅의 전형적인 예이다. 우뚜리는 완전한 영웅을 꿈꾸며 3년을 숨어 지내다 그만 하루를 남기고 죽임을 당했다. 그러나 우뚜리는 실패한 영웅이 아니다. 이야기 속에서 살아남아 사람들에게 언젠가 반드시 세상을 구하러 올 것이라는 희망을 심어 주었기 때문이다. 그리고 그 희망은 정평구와 녹두장군 전봉준의 삶으로 이어진다.

2부는 어사 박문수에 대한 이야기이다. 조선 후기 암행어사였던 박문수는 사람들에게 존경받는 인물 중 하나였다. 그러나 이야기 속의 박문수는 다양한 모습으로 표현된다. 훌륭한 사람을 찾아 상을 주거나 억울한 사람의 한을 풀어 주는 구원자적 모습도 있지만, 지질하고 옹색한 인간 박문수의 모습도 많다. 박문수는 남의 도움으로 장원급제하거나 여자의 미색에 빠져서 바람을 피우기도 하고, 자기 안위만 생각하다가 다른 사람을 죽게 만들기도 한다. 아마도 민중들은 박문수의 다양한 모습을 통해 지배층에 대한 기대와 실망감을 표현한 것은 아니었을까.

3부는 지명이나 속담에 얽힌 이야기이다. 거짓말 같은 일들이 참말로 일어났다고 증명이라도 하듯 그곳에는 항상 이야기에 얽힌 상징물들이 존재한다. 장자못 전설 속 장자못과 웃선돌 비석은 지금도 부안군 줄포면에 그대로 남아 있고 매년 정월 보름마다 제사를 지낸다니 신기하기만 하다. '오수 개' 이야기는 내가 자주 들었던 옛이야기 중 하나였다. 어릴 적 불에 타 죽은 개 이야기를 들으며 우리 집 강아지 '순님이'가 떠올라 눈물을 찔끔거리던 기억이 난다.

사람들은 관계 속에 살아간다. 그리고 그 관계들 속에는 공동체를 유지하며 잘 살아가기 위해 반드시 지켜야 할 기본 윤리가 필요하다. 4부는 사람들이 목숨보다 더 중요하게 생각했던 효와 우애, 우정과 신의에 대한 이야기이다. 특히 '수신제가 치국

평천하'처럼 가족질서의 기본이 되는 효는 국가통치를 위한 중요한 수단이기도 했던 만큼 옛이야기에서 차지하는 비중이 크다.

5부 열녀 이야기에서는 지배체제 윤리에 대한 저항의식이 느껴진다. 내가 알고 있던 열녀는 정절을 목숨보다 더 중요하게 여기며 항상 은장도를 품고 다니던 단아한 여인이었다. 이러한 전형적인 열녀는 주로 지배층인 양반사회에서 강조되었다. 죽어야 하사받는다는 열녀문은 유교적 규범 속에 양반가 여자들의 삶을 가두고 억압하던 가부장적 남성 중심 사회의 표본이기도 했다. 그러나 옛이야기 속 열녀는 정절에 목숨 걸거나 연연해하지 않는다. 남편만 살릴 수 있다면 다른 사내에게 자신의 몸을 허락하거나 남편의 원수를 갚기 위해 혼인도 주저하지 않는다. 그런가 하면 열녀烈女 말뜻을 잘못 이해해 열 남자와 바람 피운 것을 실토하고 마는 웃픈 열녀十女도 있다. 열녀 이야기는 양반들과 달리 사랑과 결혼에 훨씬 더 자유로웠던 민중들의 모습을 담고 있으며 이를 통해 여성들에게 정절과 복종을 강요하는 유교사회를 풍자하고 있다.

6부는 '복' 시리즈이다. 사람들은 누구나 복 받기를 원한다. 하지만 원한다고 누구나 복을 받을 수 있는 것은 아니다. 복 받는 사람에게는 그럴 만한 나름의 이유가 있다. 귀하게 얻은 돈을 가난한 부부에게 선뜻 내어 주는 사람, 어머니의 병을 낫게 하기 위해서 어디든 달려가는 효자, 아무리 굶주려도 끝까지 남의 것에 손대지 않는 정직한 사람들. 이토록 선한 마음을 가진 사람이라면 어찌 복을 받지 않을 수 있겠는가.

7부와 8부는 재밌는 이야기들이다. 상상의 세계를 넘나드는 변신의 이야기는 동물들의 습성을 통해 인간들이 경계해야 할 것들을 환기시켜 주었다. 반면 풍자와 해학을 담은 배꼽 잡는 이야기는 힘들고 고달프던 민중들의 가슴을 한 방에 뚫어 주던 사이다와도 같았다. 사람들이 함께 이야기하며 한바탕 웃고 떠들다 보면 답답하고 힘든 현실도 헤쳐 갈 힘이 생겼다.

3. 낭송, 이야기에 감칠맛을 더하다

어릴 적 시원한 느티나무 그늘 아래서, 때로는 깊은 밤 이불 속에서 듣던 옛날이야기들은 나에게 무한한 상상의 날개를 달아 주었다. 그러나 어른이 된 지금까지도 이야기가 내 기억 속에서 빛날 수 있었던 것은 바로 푸근한 할머니의 목소리 때문이다. 생각해 보면 옛이야기 역시 입에서 입으로 전해진 낭송이다. 할머니가 들려주던 이야기야말로 가장 매력적인 낭송이었다.

낭송은 목소리뿐만 아니라 몸짓이나 표정, 목소리의 높낮이, 그리고 작은 숨소리까지 많은 것을 포함하고 있다. 그러기에 낭송은 같은 내용이라도 매번 새로운 느낌과 울림을 만들어 내며 재창조된다. 또 낭송은 시간과 정성을 들여 나의 소리와 리듬을 찾아가는 과정이기도 하다. 한 문장 한 문장 반복하며 의미를 되새김질하는 동안 자연스럽게 입이 열리고 생각과 말이 일치되기 시작한다. 그리고 온전히 몸과 마음으로 스며든다.

요즘 나는 아침 산책길에서 논어 한 문장을 낭송하며 걷는다. 그렇게 걷다 보면 나도 모르게 소리에 발걸음이 맞춰지며 자연스럽게 리듬을 탄다. 그리고 어느새 나는 문장과 하나가 된다.

전라북도 옛이야기 작업을 하면서 행복한 유년시절과 다시 만날 수 있어 행복했다. 그리고 몇 번이나 원고를 소리 내어 읽다가 어느 순간 이야기가 리듬을 타고 흐르는 아름다운 노래처럼 느껴지는 신기한 경험도 했다. 마지막으로 같이 읽고 문장을 다듬어 준 느티나무 샘과 친구들, 그리고 내가 하는 일이라면 항상 믿고 응원해 주는 남편과 혜현, 창준에게 고마움을 전한다.

1부

백성의 꿈으로 다시 살아날 영웅이여

1-1. 이성계와 아기장수 우뚜리 ①
—몸통만 가지고 태어난 아기

어느 산골에 부부가 살고 있었어. 부부에게는 오랫동안 아기가 생기지 않았지. 세월이 한참 지난 후에야 어렵게 아기를 낳았어. 그런데 낳고 보니 아기의 모습이 이상하게 생겼지 뭐야. 위 몸통만 있고 다리가 없는 거야. 하지만 부부는 귀하게 얻은 자식이라고 기뻐하며 우뚜리(윗도리라는 뜻)라는 이름을 지어 주었어. 그리고 아무에게도 아기의 이상한 모습을 말하지 않았지.

하루는 엄마가 우뚜리에게 젖을 먹이려고 방으로 들어가려던 참이었어. 그런데 방 안에서 '쿵쿵' '쿵쿵' 하며 이상한 소리가 들리는 거야. 엄마는 문에 구멍을 내고 안을 들여다보고는 그만 깜짝 놀라고 말았어. 손가락만 한 군사 수십 명이 자고 있는 아기를 에워싸고 훈련을 하고 있는 게 아니겠어? 지켜보던 엄마가 '으흠' 하고 인기척을 했어. 그러자 군사들이 순식간에 콩나물시루 안으로 사라지는 거야. 엄마는 얼른 방으로 들어가 아기를 안아 올렸어. 그러자 갑자기 우뚜리가 말을 하기 시작했어.

"어무니, 놀래지 말고 내 말 잘 들어 보세요. 사실 나는 보통 사람이 아녀요. 하늘서 뜻을 받고 태어난 사람이여요."

이 말을 들은 엄마는 우뚜리가 영웅으로 태어났다는 것을 알게 되었어. 하지만 걱정이 앞섰지. 왜냐하면 옛날부터 한 나라에 두 영웅이 있을 수 없는 법이거든. 만약 임금이 이 사실을 알게 된다면 자신을 위태롭게 하는 영웅뿐 아니라 그의 식솔까지 모두 죽여 버릴 거라고 생각했어.

"아가, 나라에서 이것을 아는 날에는 당장 너를 쥑일라고 헐 것인디 이를 어쩐다냐?"

"걱정 마셔요. 살아날 방도가 다 있응께, 엄니는 지가 시키는 대로만 허면 돼요."

"어떤 방도가 있는디?"

"시방은 몸뚱아리가 반 토막이지만 3년만 지나먼지나면 다리까지 다 나올 것이요. 그때 되믄 내가 나라를 세울 것이여. 긍게그러니까 콩 한 말, 생쌀 한 말 챙겨 갖고 나를 저 뒷산 큰 바우바위 밑으다밑에다 델따 줘요. 그리고 3년 되기 전이는전에는 질대로절대로 찾아와도 안 되고, 누구헌티 말히도 안 디요."

부부는 우뚜리의 말을 믿어 보기로 했어. 서둘러서 콩 한 말과 생쌀 한 말을 챙겨서 우뚜리를 업고 뒷산으로 올라갔지. 큰 바위 밑에 도착하여 우뚜리를 내려놓자, 우뚜리는 풀잎 하나를 뜯어 바위에 탁 하고 내려쳤어. 그러자 바위가 쩍 하고 갈라지는 거야. 그때 우뚜리가 갈라진 바위 속으로 들어가자 감쪽같이 바위 문이 닫혔어. 부부는 우뚜리와 헤어지는 것이 슬펐지만 3년 후에 만날 수 있다는 말을 믿고 산에서 내려왔어. _ 완주군 운주면

1-2. 이성계와 아기장수 우뚜리 ②
—한 하늘 아래 두 영웅

그 무렵 나라를 세워 임금이 되려는 뜻을 품은 사람이 있었는데, 그게 바로 이성계라는 장군이었어. 이성계 장군은 임금이 되게 해달라고 백두산을 시작으로 명산이란 명산은 다 찾아다니며 산신령에게 제사를 지냈지. 이제 모든 명산의 허락을 받고 마지막으로 남은 지리산 산신령께 허락을 받기만 하면 되었어. 이성계는 지리산 산신령들에게도 임금이 되게 해달라고 제사를 지내기로 했어. 그때 약초장수가 지리산을 넘어가고 있었어. 날이 저물자 춥고 배가 고픈 약초장수는 잘 만한 곳을 찾았어. 하지만 근처에 인가도 보이지 않고 마땅히 잘 곳도 없었지. 그러다 큰 구멍이 뚫린 버드나무를 보게 되었어.

"아이고, 참 잘 돼얐고만. 여그서 자면 딱 좋겄다."

약초장수는 버드나무 구멍 안으로 들어가 자리를 잡고 잠을 청했어. 그런데 한밤중이 되자 누가 부르는 소리가 들리는 거야.

"이보게, 유을목이, 유을목이."

"아이, 왜 그러는가?"

누군가 대답하는 소리도 들렸어.

약초장수는 무서워서 숨소리도 내지 못하고 가만히 있었어.

"아니, 이 산중에 나밖으 없는디 이것이 뭔 소리다냐. 대체 유을목이가 누구여?"

그런데 약초장수가 생각해 보니 유을목이는 버들 유柳 자, 나뭇가지가 새처럼 꼬부라졌다고 해서 을乙 자, 나무 목木 자. 바로 자기가 잠자리로 정한 버드나무 이름이었어.

"시방 이성계가 임금 되고 잡어서 우리 산신령한티 제사 지낸다는디 귀경이나 한번 안 가 볼랑가?"

"그려? 근디 나는 오늘 밤 손님이 와서 갈 수가 읎네. 자네나 어서 다녀오소."

새벽 무렵이 되자 다시 수군대는 소리가 들렸어.

"제삿밥은 잘 얻어먹고 오는가?"

"아이고, 먹기는 뭘 잘 먹어? 부정이 타서 먹덜 못했당게."

"왜 뭔 일 있었어?"

"아, 글씨 제삿밥에 구렁이가 감겨 있지 뭐여. 그걸 보고 산신령들이 화를 내고 가시는 바람이 제사고 뭐고 다 허사가 됐당게."

여기서 구렁이는 사람 머리카락을 말하는 거야. 산신령들은 머리카락을 죽은 혼이라고 생각해서 아주 질색한 거지. 그래서 옛날부터 제삿밥을 지을 때는 머리카락이 안 들어가게 조심해야 했던 거야.

다음 날 아침 약초장수는 물어물어 이성계를 찾아갔어. 그리고 자기가 간밤에 들은 나무 귀신들 얘기를 모두 말해 줬어. 이성계는 '이제 임금이 되기는 다 틀렸구나' 하고 생각했지. 그러자 약초장수가 말했어.

"장군님, 지가 오늘 밤 다시 그 버드나무 구멍에 가서 나무 귀신들이 뭐라고 허는가 들어 볼랑게, 장군님은 걱정 말고 어서 가서 다시 제사 지낼 준비나 허시요."

그러고는 약초장수는 버드나무로 돌아가 밤이 되기를 기다렸어. 이윽고 밤이 되자 다시 나무 귀신들이 왔어.

"여보게, 유을목이. 오늘 밤 이성계가 다시 제사 지낸다는디, 어디 이번에는 제사상 잘 채리 놨는가 가 보세."

그러나 버드나무는 오늘 밤도 손님이 와서 못 가겠다고 했어. 새벽 무렵 혼자 제사를 보러 갔던 나무 귀신이 돌아오자 버드나무가 물었어.

"오늘은 제사상 지대로 잘 차려 놨든가?"

"어이, 오늘은 지대로 잘 차렸드만. 깨깟허게 채리 놔서 산신령들도 감탄허시며 솔찮히 꽤 많이 잡숫고 우리도 잘 얻어먹고 오는 길이여."

"그럼 인자 산신령들이 이성계 임금 되는 거 허락한 거여?"

"아니여, 제사는 잘 지냈는디 아직은 안 된디야."

"왜 안 된디야?"

버드나무가 깜짝 놀라며 물었어.

"그것이 말여, 산신령들이 이성계보다 더 먼저 임금으로 허락해 준 사람이 있다는디, 그게 바로 우뚜리라는 사람이랴. 근디 한 하늘 아래 임금이 둘일 수는 없잖여? 그리서 이성계가 임금이 될라믄 우뚜리를 없시야 헌다는구먼."

약초장수는 다음 날 다시 이성계를 찾아가 들은 그대로 다 말해 주었어. _ 완주군 운주면

1-3. 이성계와 아기장수 우뚜리 ③
—드디어 왕이 되다

약초장수에게 모든 이야기를 들은 이성계는 우뚜리란 놈만 없으면 임금이 될 수 있다고 생각하고 방방곡곡 우뚜리를 찾아다니기 시작했어. 하지만 아무리 애를 써도 우뚜리를 찾을 수 없는 거야. 그러던 어느 날, 산골 마을을 지나다가 우연히 동네 아낙들이 정자나무 밑에 모여서 하는 이야기를 들었어.

"오늘은 느그 밭 매고 내일은 우뚜리네 밭 매면 되는 거여?"

옆을 지나다 우연히 우뚜리라는 이름을 들은 이성계는 귀가 번쩍 뜨였어. 그렇게 찾아 헤매던 우뚜리가 바로 이 동네에 사는 게 분명하다고 생각했지. 이성계는 동네 사람들에게 물어물어 우뚜리네 집을 찾아갔어. 그 집에는 과부가 된 부인 혼자 살고 있었어. 이성계는 그 집에서 밥도 얻어먹고 일을 거들면서 3년을 살았어. 그러다가 둘은 내외지간이 되었지. 어느 날 이성계가 부인에게 물었어.

"어쩌다가 임자는 자식 하나도 못 낳았소?"

그러자 이성계에게 정이 들어 버린 부인은 아무에게도 말하지 말라는 당부를 잊고 우뚜리 얘기를 모두 말해 버렸어.

다음 날, 이성계는 당장 우뚜리가 있는 곳에 가 보자고 했어. 이성계를 철석같이 믿은 부인은 뒷산 큰 바위로 곧장 올라갔지.

"여그가 바로 우뚜리가 있는 디어요."

온 사방이 풀과 바위만 있는 것을 본 이성계가 말했어.

"대체 어디에 우뚜리가 있다는 거여?"

그때 부인은 바위 옆 풀잎 하나를 뜯어서 바위에 탁 쳤어. 그러자 신기하게도 커다란 바위가 두 개로 쩍 갈라지더니 그 안에 우뚜리가 앉아 있는 거야. 몸통만 있던 우뚜리의 몸은 어느새 발목까지 생겨나 있었지. 이제 딱 하루만 지나면 3년을 다 채우고 온전한 몸이 되어 우뚝 설 참이었대. 이성계는 우뚜리를 보자마자, 그 자리에서 죽여 버리고 말았어. 그리하여 마침내 이성계는 그토록 원하던 임금이 될 수 있었지.

그런데 말이야. 지리산은 원래 어디에 있던 산인 줄 알아? 원래는 강원도에 있던 산이었는데 우뚜리를 임금으로 허락한 게 미웠던 이성계가 전라도로 귀양 보내 버린 거야. _ 남원군 덕과면

1-4. 이성계와 아지발도

운봉 황산벌에서 이성계가 아지발도를 잡았다는 이야기가 있어. 이성계가 조선을 세우기 직전인 고려 말의 일이었어. 왜놈들의 노략질로 나라가 어지러웠지. 장군이었던 이성계는 왜구들을 토벌하고 많은 공을 세웠어. 이때 왜놈 중에 아지발도라는 뛰어난 장수가 있었어. 어린 나이에 키가 일곱 척약 210cm인 데다 무예가 뛰어나고 힘이 장사였대. 두꺼운 갑옷과 투구를 쓰고 있어서 쇠화살로도 그를 잡을 수가 없었지. 그런데 아지발도에게도 무서운 것이 하나 있었어. 바로 조선에 있는 황산이야. 아지발도가 조선에 오기 전에 누이가 해준 말 때문이었지.

"지난밤에 네가 조선에 있는 황산에서 활을 맞아 죽는 꿈을 꾸었어. 그러니 조선에 가거든 절대 황산에는 가지 말어라."

자신만만한 아지발도는 조선에 세울 승전비까지 싣고 왔지만 육지에 당도하자 누이의 말이 생각나 더 이상 앞으로 나갈 수 없었어. 실은 바로 눈앞에 있는 그 산이 황산인 줄도 모르고 말이야.

한편 조정에서는 이성계와 퉁두란에게 아지발도를 잡으라고 명을 내렸어. 두 사람은 아지발도를 잡기 위해 고남산에 자리를 잡고 망을 보고 있었어. 고남산에서는 황산이 훤히 들여다보였지. 명사수였던 이성계와 퉁두란은 고남산에 몸을 숨기고 아지발도가 방심한 틈을 노려 활을 쏘아 죽일 계획이었어. 이성계는 한 노파를 찾아가 닳아 빠진 쇠지팡이를 주며 이렇게 일렀어.

"며칠 후면 키가 일곱 척이나 되는 왜놈 장수가 지나갈 것이오. 그놈이 여그가 황산이냐고 물어보면 이렇게 말허시오. '쇠나무께가 다 닳드락 살았어도 여그가 황산이란 소리는 들어 보들 못혔소'라고 말이오."

며칠이 지나고 새벽닭이 울기 시작했어. 황산을 찾아 길을 나선 아지발도는 쇠지팡이를 짚은 노파를 만났어.

"이 산이 황산이오?"

그러자 노파는 이렇게 말했지.

"아이고, 내가 태어나서 이 쇠나무께가 다 닳드락 살었어도 여그가 황산이란 소리는 한 번도 들어 보들 못혔어."

아지발도는 안심하고 멈췄던 군대를 이끌고 황산으로 나아갔어. 바로 그게 황산인 줄도 모르고 말이야. 이때 고남산에 숨어서 그 모습을 지켜보던 퉁두란이 먼저 화살을 쐈어. 그러자 화살은 아지발도의 투구에 명중했지. 아지발도는 화살에 맞아 뒤로 벗겨지려는 투구의 끈을 물려고 얼른 입을 벌렸어. 바로 그때 이성계가 아지발도의 목구멍에 화살을 날렸어. 아지발도는 화살을 맞고 피를 많이 흘리면서 죽었대. 결국 누이의 꿈대로 된 거지.

지금도 황산다리 아래에는 아지발도가 피를 흘리며 죽은 바위가 있는데 사람들은 그것을 '피바위'라 부른대. 이 사건이 이성계가 왜구를 크게 물리친 것으로 유명한 황산대첩이다. _ 남원군 산동면

1-5. 호랑이 젖을 먹고 큰 아이

한 고을 부잣집에 혼기가 꽉 찬 딸이 하나 있었어. 그런데 사방에서 청혼이 들어와도 딸이 시집갈 생각을 하지 않는 거야. 이상하게 생각한 사람들이 여기저기서 수군거렸어.

"김부잣집 딸은 사방서 혼사가 들어왔쌌는디 어찌 시집갈 생각을 안 한디야?"

"누가 그러는디 밤마다 김부자네 딸 방을 어떤 사내가 드나든다는디?"

"그리서 안 갈라고 그러는 거 아녀?"

그 소문은 김부자 내외 귀에까지 들어갔어. 깜짝 놀란 내외는 득달같이 딸을 불러 물었어.

"밤마다 어떤 놈이 니 방을 드나든다는 소문이 읜 동네에 쫙 퍼졌는디 그 말이 사실이여?"

딸은 한참을 머뭇거리다 대답했어.

"사실이여요."

"뭣이여? 그놈 이름이 뭐여?"

"이름도 몰라라우. 성도 몰라라우. 밤만 되면 얼굴이 흐옇게 생긴 사내가 자주색 옷을 입고 찾아온당께요. 아무리 문을 잠가도 소용없어라우. 방으 들어와 갔고는, 지 어깨를 지긋이 누르고 얼굴이다얼굴에다 후우 하고 입김을 불어 대믄 지는 소리도 한번 못 지르고 기절해 버린당게요. 그리고 날이 새기 무섭게 바람처럼 사라져 뻔져요."

참으로 기가 막힐 노릇이었어. 내외는 어떻게 해서든지 사내를 잡아야겠다는 생각에 한 가지 꾀를 냈어. 그래서 바늘에 긴 명주실꾸리를 꿰어서 딸에게 주며 이렇게 일렀어.

"만약 오늘 밤 또 그놈이 찾아오면 니가 어릿광을 떰서 반갑게 맞아 주거라잉. 글다가 그놈이 잠이 들면 자주색 옷깃에다 바늘을 찔러 두니라."

밤이 되자 어김없이 사내가 또 찾아왔어. 딸은 아버지가 시키는 대로 옷깃에 바늘을 찔렀지. 그런데 그만 실수로 사내의 허벅지를 찌르고 말았어. 깜짝 놀란 사내가 벌떡 일어나며 소리를 질렀어.

"지금 뭐하는 짓이냐? 나는 천상에서 내려온 사람이니라. 앞으로 너한테 태기가 있을 것이다. 그 애는 본디 천하의 왕이 될 인물이었느니라. 하지만 이제는 일국의 왕밖에는 되지 못할 것이다."

말을 마친 사내는 순식간에 사라져 버렸어. 다음 날 아침, 부자 내외가 명주실을 따라가 보니 뒷산 굴속으로 이어져 있었고, 그 안에는 엄청나게 큰 지네가 바늘에 찔려 죽어 있었어.

얼마 후 사내의 말대로 딸의 몸에 태기가 있더니 빼착빼착차츰차츰 배가 불러오기 시작했어. 김부자 집안에서는 난리가 났지. 시집도 안 간 처녀가 애를 뱄으니 양반집에서는 있을 수 없는 일이었어. 결국 딸은 집을 떠날 수밖에 없었지. 그 후 여기저기서 밥을 얻어먹고 다니다가 열 달이 다 되자 남의 집 처마 밑에서 아기를 낳았어. 그런데 아기의 인물이 옥동자처럼 훤하고 범상치 않은 기운이 느껴졌어. 김부자 딸은 남의 집에서 품을 팔면서 아기를 키웠지.

하루는 밭 근처 소나무 밑에 아기를 뉘어 놓고 일을 하고 있었어. 한참 일하다 아기가 있는 쪽을 쳐다보니 그 옆에 호랑이 한 마리가 떡하니 있는 게 아니겠어? 딸은 혼비백산하여 소리를 지르며 달려갔어. 그런데 가 보니 아기가 호랑이 젖을 먹으며 빵긋빵긋 웃고 있는 거야. 아기가 젖을 다 먹자 호랑이는 다시 어슬렁어슬렁 산속으로 들어갔어. 호랑이 젖을 먹고 큰 아기는 무럭무럭 자라서 천하장사가 되고 후백제 왕이 되었대. 그게 바로 견훤이야. 하지만 결국 지네의 말처럼 천하의 왕은 되지 못한 거지. _ 남원군 대강면

1-6. 새야 새야 파랑새야

옛날 전라도 고부에 포악하고 욕심 많은 군수가 부임해 왔는데 이름은 바로 조병갑이야. 그는 어찌나 욕심이 많았던지 어떻게 하면 백성들 재물을 더 많이 빼앗을 수 있을까 궁리만 했어. 뼈빠지게 농사지은 곡식도 다 걷어 가고, 그것도 모자라 없는 죄까지 뒤집어씌워 돈을 뜯어냈지.

고부에 살고 있던 전봉준 아버지도 횡포를 참다 못해 조병갑을 찾아갔어. 하지만 모진 매를 맞아 그만 죽고 말았어. 이것을 본 전봉준과 농민들은 참을 수가 없었어. 더 이상 빼앗길 것도 남지 않은 사람들은 마침내 봉기를 일으켰어. 그들은 관아로 쳐들어가 창고에 가득 쌓인 곡식을 풀어 가난한 백성들에게 모두 나누어 주었어. 이 소식을 들은 전라도의 농민들은 삼삼오오 몰려들기 시작했어. 전봉준은 그 기세를 몰아 김계남, 손화중과 함께 농민군을 이끌었지. 그리고 가는 곳마다 나쁜 관리들을 쫓아내고 창고 문을 열어 곡식을 나누었어. 전봉준을 따르는 사람들은 시간이 갈수록 늘어 갔고 더 많은 지역을 점령했어. 사람들은 전봉준을 '녹두 장군'이라고 불렀어.

이 소식은 한양에 있는 임금 귀에까지 들어가게 되었어. 임금은 관리들을 보내 녹두 장군과 그 무리를 진압하라고 명을 내렸어. 전봉준과 농민들은 끝까지 싸웠지만 결국 관군에게 진압되고 말았지. 전봉준은 간신히 관군의 감시를 피해 동지의 집에 숨어 있었어. 하지만 상금에 눈이 먼 동지는 전봉준을 밀고해 버렸지. 관군에 붙잡힌 전봉준은 결국 처형되고 말았어.

농민들은 그의 죽음을 슬퍼하며 이런 노래를 불렀어.

"새야 새야 파랑새야, 녹두밭에 앉지 마라. 녹두 꽃이 떨어지면, 청포장수 울고 간다." _정읍군 이평면

1-7. 오랑캐를 세 번 혼낸 정평구

임진왜란 때 일이었어. 조선 땅에 왜병들이 물밀 듯이 밀어닥쳐 노략질을 해댔지. 하지만 나라에서는 막을 재간이 없었어. 그때 정평구라는 영리한 사람이 있었지. 왜병들을 쫓아낼 방법을 알고 있었던 그는 조선군에 들어가고 싶었어.

"내가 군대 들어가기만 허먼 8년 걸릴 전쟁도 8일 만이 끝낼 수 있는디…."

하지만 아무도 그의 말을 믿지 않았어. 그리고 나라에서도 신분이 낮은 상놈이라고 받아 주질 않았어.

백성들이 왜구의 손에 죽어 가는 것을 두고 볼 수 없었던 정평구는 무작정 혼자서 적진으로 들어갔어. 그리고 자기가 생각했던 작전을 펼치기 시작했지. 그는 보란 듯이 이리저리 빙글빙글 도망 다니며 적군들의 부아를 질러 댔어. 또 진지 앞에다 다리를 걸고 오줌을 척척 싸면서 약을 올렸지. 왜병들은 난데없이 나타나 혼을 빼놓는 정평구를 잡으려고 혈안이 되었어. 하지만 어찌나 빠른지 도저히 잡을 수가 없단 말이야.

"조선에 인재가 있다더니 저놈인 게 틀림없어. 성가시게 생겼군."

왜병들은 그를 피해 항산으로 진을 옮겼어. 하지만 정평구가 그것을 모를 리가 없었지. 그는 큰 망태에 말벌들을 가득 넣고 왜구들이 새롭게 진을 친 항산으로 갔어. 그러고는 멀찍이 서서 진지 앞을 오락가락하며 또 약을 올렸어.

"앗, 저놈 또 나타났네. 지난번 우리 진문에 오줌을 싸고 도망가더니 여기까지 쫓아왔구나. 이번엔 반드시 잡도록 해라."

그러자 정평구는 기다렸다는 듯이 지고 있던 망태를 내려놓고 도망을 치기 시작했어. 그리고 뒤쫓아 온 적군들이 망태를 주워 들자 멀찍이 서서 고함을 쳤어.

"아이고 이를 워쩐디야, 전장서 쓸 기구가 다 저 망태에 들었는디."

그 소리를 들은 왜병들은 얼씨구나 하고 망태 입구를 열어젖혔어. 그러자 망태 속에서 말벌들이 쏟아져 나와 왜병들을 마구 쏘아 대기 시작했어. 말벌에 쏘인 적군들은 혼비백산해서 도망치고 난리도 아니었지. 왜군들은 또 다른 곳으로 진지를 옮길 수

밖에 없었어. 그런데 며칠 후 정평구가 또다시 나타난 거야. 이번에는 망태에 진짜 화약 연초를 잔뜩 짊어지고 와서는 진지 앞에 내려놓고 보란 듯이 뛰어다녔어. 왜병들은 이번에도 정평구를 잡을 수가 없었지. 결국 그가 버리고 간 망태만 덩그러니 남아 있었어.

"저번처럼 분명 독벌들이 들어 있을 것이다. 그러니 불에 태워 버리도록 해라."

왜병들은 망태에 불을 붙였어. 그러자 망태 속 화약 덩어리가 터지면서 왜군들은 모두 몰살되었어. 결국 정평구는 혼자서 왜병들을 물리쳤지. 그날은 정평구가 왜군들 앞에 나타난 지 8일째 되는 날이었지. 하지만 나라에서는 끝내 그의 공을 알아주지 않았대. _ 부안군 보안면

1-8. 혼이 전해 준 팔만대장경

옛날 전주 봉서사에 진묵대사라는 도통한 스님이 살고 있었어. 봉서사는 진묵대사가 나고 자란 절이었어. 그는 워낙 신통해서 모르는 사람이 없었지. 한번은 이런 일이 있었어. 봉서사의 여러 방 중에 진묵대사가 거처하던 방이 있었는데, 한겨울에 불을 때지 않아도 방바닥이 따뜻했어. 어느 날 그가 절을 비운 사이, 궁금함을 참지 못한 스님들이 구들장을 뜯어 봤지 뭐야. 그런데 그 순간 구들 속에 있던 커다란 불덩이가 갑자기 하늘로 휙 하고 날아가는 거야. 놀란 스님들은 아무 일도 없었던 것처럼 원래대로 해놨지만, 그 후로 다시는 방이 따뜻해지지 않았어. 하늘로 날아간 불덩이는 바로 진묵대사가 조화를 부려 잡아넣은 정기였다고 전해지고 있어.

또 이런 일도 있었대. 진묵대사에게는 오래전부터 꼭 이루고 싶은 일이 있었어. 바로 서천 서역국중국 서역 지방에 있었던 나라에 가서 팔만대장경을 가져오는 것이었지. 하루는 스님들을 불러 이렇게 말했어.

"내가 서천 서역국으로 팔만대장경을 가지러 갈 생각이여."

갑작스러운 진묵대사의 말에 스님들은 놀랐어.

"서역국같이 멀고 먼 곳을 어떻게 가실라고요?"

"내 몸은 여따 두고 혼만 댕겨올 것인게 느그들은 걱정 안 히도 되니라."

"예에? 혼만 가신다고요?"

"그려. 허지만 느그들이 명심허고 지켜야 할 것이 있는디 누가 날 찾어도 절대 내 방문을 열게 허면 안 된다."

그렇게 스님들에게 다짐받은 후 진묵대사의 혼이 서역국으로 떠났어.

한편 봉서사 옆 마을에는 김봉곡이라는 욕심 많은 양반이 살고 있었어. 그 사람은 신통한 진묵대사가 늘 못마땅했지. 어느 날 절을 찾아온 김봉곡은 진묵대사가 보이지 않자 이상하게 생각했어.

"대사는 어디 가셨는가?"

스님들은 절대 말하지 말라는 대사의 말 때문에 우물쭈물하며 대답을 하지 못했어. 그러자 뭔가 수상하게 여기던 김봉곡은 진묵대사를 찾아 절 안을 여기저기 돌아다니다 대사의 방문 앞에 이르렀어. 그런데 가만히 보니 스님들이 번갈아 가며 대사의 방 앞을 지키고 있는 거야. 이 모습을 수상하게 여긴 김봉곡은 방문을 열려고 문고리를 잡았어.

"아이고, 안 됩니다요."

"대사님 방 좀 보자는디 왜 안 된다는 거여? 혹시 대사님헌티 뭔 일 있는 거 아니여?"

스님들과 실랑이를 벌이던 김봉곡이 결국 대사의 방문을 열고 말았지. 그런데 방 안에는 진묵대사가 죽은 듯이 움직이지도 않고 누워 있었어. 스님들은 어쩔 수 없이 김봉곡에게 자초지종을 말하고 말았어.

"시상으나, 시방 그런 얼토당토않은 말을 나보고 믿으라는 거여? 니놈들이 대사가 돌아가신 것을 감출라고 하는 것을 내가 모를 줄 알어?"

그러고는 서둘러 사람들을 시켜서 진묵대사를 태워 장사를 지냈어.

얼마 후, 서역국에서 돌아온 진묵대사의 혼은 망연자실했어. 혼이 들어갈 몸이 없어졌기 때문이지. 진묵대사는 몸이 없어진 것보다 애써 구해 온 팔만대장경을 전할 수 없게 된 것이 더 가슴 아팠어. 안타까운 마음에 허공을 떠돌던 진묵대사의 혼은 팔만대장경을 암송하기 시작했어. 그러자 밑에서 스님들이 그것을 듣고 팔만대장경을 하나도 빠짐없이 다 받아 적었어. 오늘날 팔만대장경은 그렇게 세상에 전해질 수 있게 된 거야. 김봉곡은 어떻게 됐냐구? 이유는 알 수 없지만 논밭으로 흐르던 물길이 끊어져 더 이상 농사를 지을 수 없게 되었대. 그리고 집안도 폭삭 망해 버렸지. _전주시 전미동

1-9. 이서구의 구 년 공부

한 대감댁에 어린 아들이 있었는데 이름이 이서구였어. 어느 날, 스님 한 분이 탁발을 하러 왔다가 이서구를 보게 되었지. 스님은 아이의 모습에서 범상치 않은 기운을 느꼈어.

"대감, 제가 아드님 관상을 본께 큰 인물이 되겄소. 지한티 10년만 맽겨 주시먼 큰 인물 만들어 보겄습니다."

아버지는 고민이 되었어. 어린 아들을 오랫동안 떼어 놓을 생각을 하니 안 되겠다 싶다가도 큰 인물이 될 수 있다고 생각하면 또 마음이 흔들렸어. 마침내 아버지는 스님을 믿고 아들을 맡겨 보기로 결정했어. 스님은 떠나기 전 아버지에게 당부했어.

"아무리 보고 자퍼도 10년까장은 절디 찾아오시면 안 되오. 만약 참지 못허고 오시먼 아들 공부 다 허사 됭께요."

스님은 어린 이서구를 데리고 산속 깊은 절로 들어갔어. 아버지는 아들 소식이 궁금했지만 스님의 당부를 떠올리며 꾹 참았어. 그렇게 9년이 흘렀어. 아버지는 어린 아들이 얼마나 컸는지 보고 싶어서 견딜 수가 없었어. 결국 아버지는 아들을 보러 가기로 결심했어.

'내가 여즉꺼정 포도시간신히, 겨우, 가까스로 참았는디 인자 더는 보고 자퍼서 못 참겄다. 9년씩이나 지났는디 한 번 찾어간다고 뭔 일 나겄어?'

아버지는 서둘러 아들이 있는 절로 갔어. 절에 도착하자마자 정신없이 아들을 찾았지. 그런데 아무리 찾아도 아들이 보이지 않는 거야. 그렇게 한참이 지났을 때, 멀리서 나무 한 짐을 지고 오는 젊은이가 보였어. 바로 아들 이서구였어. 그런데 아들의 모습을 보니 기가 막혔어. 아들의 머리는 쑥대마냥 덥수룩하고 손은 다 얼어 터져 말이 아니었어. 화가 나고 속이 상한 아버지는 이서구의 손을 잡아끌며 말했어.

"대처 이 꼴이 뭐시란 말이여. 니가 이럴라고 집 떠나 9년씩이나 공부를 헌 것이여? 아니면 공부는 안 허고 일만 헌 거여? 공부고 뭣이고 다 필요 없응게 고만 집이 가자."

이것을 본 스님은 아버지 말이 끝나기가 무섭게 호통을 쳤어.

"내가 그렇케나 신신당부를 힜는디 10년을 못 참고 결국 일을 다 허사로 만들었고만그려. 인자 다 소용없어졌응게 야 데리고 당장 가시오."

그때 이서구가 아버지를 말리며 말했어.

"아녀요, 아부지. 제가 9년 동안 스승님한티 을매나얼마나 많은 것을 배웠는디 그려요?"

마침 아버지 눈에 기어가는 자벌레가 보였어.

"그려? 그러믄 저그 기어가는 자버리자벌레 갖고 글 한 수 지어봐라."

아버지 말이 끝나자마자 이서구는 시를 지었어.

"척지척금尺地蚇蚙은 이능만리以能萬里라. 자버리같이 작은 것도 맥힌 것만 없으믄, 한 발짝 한 발짝 걸어서 능히 만 리를 갈 수 있다는 뜻이여요."

이 말을 들은 아버지는 크게 탄복했어.

"아이고, 내가 큰 실수를 힜는갑다. 니가 하도 보고 자퍼서 자발맞게방정맞게 와 뻐렀는디. 나는 갈 텡게 너는 10년을 마저 채우고 오니라."

그리고 스님에게도 사죄드리며 10년을 채워 주기를 간곡히 부탁드렸어.

그러자 스님이 말했어.

"인자 후회히 봤자 소용없소이. 야 운수는 그뿐이여. 10년 다 채웠으믄 재상 소리는 들을 수 있었을 챔인디 아깝지만 어쩌것소. 재상은 못 되아도 일국의 판서는 될 것잉게 그리 알고 돌아가시오."

아버지는 '1년만 참았더라면' 하고 후회했지만 이미 되돌릴 수 없었어. 결국 아버지와 이서구는 집으로 돌아왔지. 스님의 말대로 훗날 이서구는 두 번이나 판서를 지냈어. 그리고 선정을 베풀어 백성을 잘 살게 해준 훌륭한 인물이 되었대. _ 정읍군 산외면

2부

어사 박문수 이야기

2-1. 이십 년 만에 얻은 아들

어사 박문수가 팔도 암행을 다닐 때였어. 어느 마을을 지나가다가 우물가에서 물을 긷고 있는 한 여인을 보게 되었지. 여인이 어찌나 곱고 예쁘던지 어사는 자신의 본분도 잊은 채 여인을 몰래 따라갔어. 물동이를 이고 가던 여인은 한 오두막집으로 들어갔어.

집 안을 살피던 박문수는 잠시 후 마당으로 들어서며 헛기침을 했어.

"한양에 과거 보러 가는 선비인데 날이 저물어 잘 곳이 없으니 하룻밤 재워 주시오."

그러자 여인은 흔쾌히 승낙하며 저녁상까지 차려 주었어.

저녁을 배불리 먹고 난 박문수는 여인에게 자신의 속마음을 털어놓았어.

"사실은 아까 우물가에서 당신 같은 절세미인을 보자 나도 모르게 여기까지 따라오고 말았소이다. 오늘 밤 나와 같이 지내면 안 되겠소?"

그러자 거절할 줄 알았던 여인이 선뜻 승낙을 하는 거야.

"대신 한 가지 조건이 있는디요. 넘들 보는 눈도 있응게 쪼깨만 밖이 있다가 방에 불이 꺼지걸랑 그때 들어오셔요."

한참을 밖에서 애를 태우며 기다리던 박문수는 불이 꺼지자마자 얼른 방으로 들어갔어. 그리고 여인과 동침을 했지.

다음 날 아침 날이 밝자 기분 좋게 잠에서 깬 박문수는 그만 깜짝 놀라고 말았어. 곁에 누워 있는 사람은 어제 만난 그 여인이 아니라 난생처음 보는 꼽추였기 때문이야.

"이것이 어찌된 일이냐?"

"나으리, 지는 만석꾼 집안 막내딸이인디 생긴 것이 이러다본게 혼기가 지나도 시집을 못 갔어요. 인자 서방님과 하룻밤 깊은 연을 맺었응게 같이 살면 안 될랑가요? 평생 호강험서 살게 해드릴 턴게요."

이 여인은 바로 어제 우물가에서 만난 여인의 시누이였어. 꼽추 여인은 박문수의 도포 자락을 잡으며 애원했어. 하지만 화가 난 박문수는 말을 듣지도 않고 방에서 나가 버렸어. 그때 여인이 잡고 있던 도포 자락이 찢어지면서 도포 속에 있던 부채도 톡 떨어졌어. 하지만 박문수는 뒤도 안 돌아보고 떠나 버렸어.

얼마 후 여인에게 태기가 있더니 아들을 낳았어. 꼽추 여인은 아들을 정성스럽게 키웠지. 아들이 스무 살이 되자, 그녀는 부채와 찢어진 도포 조각을 내주며 한양 가서 아버지를 찾으라고 말했어. 한양에 도착한 아들은 수소문 끝에 박문수 어사 집에 당도했지. 마침 그날은 어사 박문수의 환갑잔치 날이었어. 마당에는 사람들로 가득했는데 여기저기서 수군거리는 소리가 들렸어.

"아들만 있었으면 뭐 하나 부러울 게 없는 사람인데 쯧쯧… 딸만 셋을 두었으니 아깝구만그려."

아들은 집 안으로 들어가 박문수 앞에 찢어진 도포 자락과 부채를 내놓으며 말했어.

"대감, 우리 어무니는 만석꾼 집 막내딸인디 안팎등꼽사안팎곱사등이여요. 어무니가 지한티 이것을 주심서 한양 가서 꼭 아부지 찾아오라고 했는디, 혹시 누구 건지 아시는가요?"

이야기를 들은 박문수가 부채와 도포 조각을 보니 어디서 많이 본 듯한 물건이란 말이야. 그는 장롱 속에서 오래된 도포를 꺼내 찢어진 조각을 대 보았어. 그런데 조각이 딱 맞는 거야. 부채도 자기 것이 틀림없었어. 그는 달려가 아들을 안으며 기뻐했어. 이렇게 박문수는 못생겼다고 매몰차게 뿌리쳤던 꼽추 여인 덕분에 끊어질 뻔한 대를 이을 수 있었던 거야. _ 옥구군 성산면

2-2. 박문수의 멋진 판결 시리즈(三快傳) ①
—사흘 전에 끝난 과거

박문수가 어사가 되기 전 일이었어. 과거를 보러 한양 가던 길에 잠시 주막에 앉아 쉬고 있을 때였지. 가마를 멘 사람들이 우르르 들어오더니 주막 마당 한편에 가마를 내려놓고 밥을 먹더래. 가마 안에는 소복 입은 젊은 여인이 앉아 있었어. 그런데 밖을 살펴보는 폼새[본새]가 요망스러워 보였지. 박문수가 가마꾼에게 넌지시 물었어.

"저 여인은 누구의 상을 당한 것이냐?"

"혼사 치르자마자 고만 냄편이 첫날밤도 못 치르고 죽어 뻔졌다요."

"아니, 왜 그랬다더냐?"

"그것을 모른당게요. 구신이 그랬는가 호랭이가 잡아갔는가 말만 많지 암도 모른당게."

박문수는 뭔가 심상치 않은 기미를 느껴서 몰래 가마 뒤를 따라갔어. 그런데 한참을 가던 가마가 김진사네로 들어가는 거야. 그 여인은 바로 김진사 며느리였던 거지. 뒤따라간 박문수는 그 집에서 하룻밤을 묵어가기를 청했어.

박문수가 저녁을 먹고 뜰로 나왔을 때, 수심이 가득한 얼굴로 앉아 있는 김진사를 보았어.

"무슨 근심스러운 일이라도 있습니까?"

그러자 김진사가 한숨을 푹 쉬더니 말했어.

"하늘도 무심허지. 작년에 하나백기 읎는 아들을 혼인시켰는디 첫날밤 온디간디없이 읎서져 뻔졌소. 호랭이가 물어갔는가 구신이 잡아갔는가 펄써 1년이 다 돼 가는디 종적을 모르니 내가 살어도 사는 것이 아니오."

방으로 돌아와 잠을 자던 박문수는 새벽 무렵 잠이 깨서 뒷간화장실에 가게 되었어. 한참 일을 보느라 뒷간에 앉아 있는데 밖에서 인기척이 들렸어.

'밤도 깊었는데 이것이 뭔 소리여?'

그러고는 밑도 닦는 둥 마는 둥 엉거주춤 바지를 추켜올리고 밖을 살펴봤어. 그러자 웬 더벅머리 총각 놈이 담을 넘어 별당에 있는 며느리 방으로 쑥 들어간단 말이야. 박문수는 몰래 방 안을 들여다보았어. 그런데 며느리와 총각이 서로 좋아라 하며 정을 나누고 있는 게 아니겠어? 그제야 박문수는 김진사의 아들이 사라진 내력을 알 것 같았어.

'분명 저 연놈이 아들을 죽이고는 호랑이한테 물려갔다고 꾸민 것이 틀림없어. 저놈 행색을 보니 이 근방서 서당 다니는 놈인 것 같은데….'

날이 밝자 박문수는 서당을 찾아갔어. 아니나 다를까, 거기에는 별당에서 본 그 더벅머리 총각 놈이 떡하니 앉아 글을 읽고 있는 거야.

'천하에 나쁜 놈들 같으니라고.'

박문수는 반드시 과거에 급제하여 둘을 벌하리라 결심하고 서둘러 한양으로 떠났지.

거의 한양에 당도했을 무렵 말을 탄 선비 하나를 만났어. 박문수가 물었어.

"댁도 한양에 과거 보러 가는 길이오?"

"이 양반 좀 보게나, 과거 끝난 지가 벌써 사흘이나 지났는데 무슨 헛소리를 하는가?"

"벌써 과거가 끝났다고요?"

깜짝 놀란 박문수는 그만 말문이 막혔어.

"그럴 리가 없어. 내가 알고 있는 과거 날은 아직 사흘이나 남았는디…."

그러자 선비는 박문수에게 과거에서 장원 급제한 글 제목과 내용까지 말해 주었어.

박문수는 도저히 믿을 수가 없었어. 그래서 한걸음에 한양으로 달려갔지. 그런데 도착해 보니 과거는 아직 사흘이나 남아 있지 뭐야.

'그런 거짓말을 하다니… 고연 놈 같으니라구.'

드디어 과거 날이 되었어. 박문수는 시험장에 들어가 자리를 잡고 앉았지. 그런데 참으로 신기한 일이 일어났어. 과거시험의 문제가 선비가 말해 준 것과 똑같은 거야. 박문수는 선비에게 들은 대로 문장을 써서 장원 급제를 하고 어사가 되었어.

어사가 된 박문수는 김진사 집을 다시 찾아왔어. 그리고 김진사 며느리와 동네 더벅머리 총각을 잡아들여 문초를 했지. 알고 보니 두 사람은 혼인 전부터 정을 나눈 사이였어. 그들은 혼인 첫날밤, 김진사의 아들을 죽여 연못에 버렸다고 자백했어. 연못에서 건져 낸 아들은 얼마나 한이 맺혔던지 엊그제 죽은 것처럼 몸이 생생하더래. 아마도 과거 보러 가던 길에 만난 선비가 바로 아들의 혼은 아니었을까? _ 부안군 보안면

2-3. 박문수의 멋진 판결 시리즈(三快傳) ②
—아무에게도 말 안 할 테니

박문수 어사가 잠행을 다니던 때의 일이었어. 하루는 날이 저물어 주막에 묵게 되었는데, 그곳에서 해광이라는 중과 한방을 쓰게 되었지. 그는 금강산에서 3년간의 수행을 마치고 합천 해인사로 돌아가는 길이었어. 해광은 거지 행색을 한 박문수가 어사일 거라고는 꿈에도 생각지 못했어. 한번은 박문수가 중에게 넌지시 농담을 했어.

"사내는 각시 없이는 사흘도 못 사는디 대체 중은 불공만 드리고 무슨 재미로 사는가?"

"아따, 모르는 소리 말어 이 사람아. 나도 볼 재미는 다 보고 산당께?"

"뭔 재미를 봤는데? 아무한티도 말 안 할 테니 어디 얘기 좀 해보소."

"아, 매칠 전이도 막 재미를 볼 참이었는디 글씨 고년이 어찌나 독허던지…."

그러고는 더 이상 말을 안 하는 거야. 박문수는 이상한 생각이 들어 꼬치꼬치 물었어. 잠시 머뭇거리던 해광이 마지못해 다시 입을 열었어.

"내가 여그 오기 전이 저 아랫동네로 목화 동냥겨울을 나기 위해서 목화 솜을 동냥하러 다닌 것 허러 안 갔는가잉? 근디 그 집이 바로 홍진사 집이더만그려. 목화 동냥 왔다고 목탁 뚜드리고 염불허고 섰응게 아무도 대답을 안 혀. 그리서 사람 없는갑다 허고 돌아설라고 헌게, 아 글씨 방으서 달뎅이 같은 각시가 나오더니 목화 한 되빡을 떼다가 저만치 놓고 들어가 버린단 말이여."

"각시 혼자 있었구만?"

"그렇지. 근디 이놈의 각씨가 어찌케나 이쁘게 생깃는가 나도 모르게 고만 방으로 따라 들어가고 말았당게. 근디 말여, 어떻게나 소리를 고래고래 지르고 난리를 허던가 내가 고만…."

그리고 더 이상 말을 하지 않더래.

날이 밝자 해광은 합천 해인사로 떠났어. 중의 나머지 이야기가 궁금해진 박문수는 수소문 끝에 홍진사 집을 찾아가 하룻밤 묵어가기를 청했어. 홍진사는 얼굴에 수심이 가득했어.

"어찌 얼굴에 근심이 가득허시오?"

"내가 매느리 죽였다는 누명을 쓰고 내일이면 죽을 목숨이라 그러요."

홍진사는 한숨을 푹 쉬었어. 그러고는 그간의 일들을 말하기 시작했어.

"윗동네 큰집서 제사가 있어서 매느리 혼자 냉겨남겨 놓고 갔다가 제사 다 끝내고 돌아온게, 매느리가 아무리 불러도 대답이 읎서요. 딴 띠는 내가 나갔다 들어오면 매느리가 지일 먼저 뛰어 나와서 인사허는디 말여. 갑자기 이상한 생각이 들더라고."

"그래서요?"

"얼릉 매느리 방문을 열어 봤잖여? 근디 시상으 방 안으 매느리가 칼을 맞고 죽어 있는 거여."

"며느리가 죽어 있었다구요?"

"그렇당게요. 내가 깜짝 놀래서 방으로 뛰쳐 들어갔지. 그러고는 매느리 가슴서 칼을 빼갓고 정신없이 나오는디, 마침 뒷집 여자가 그것을 보고 내가 쥑있다고 관가이다 고발을 힜다요. 그리서 꼼짝없이 살인자로 끌려가 죽게 생겼소."

박문수는 홍진사 얘기를 듣고 나니 주막에서 들은 해광의 말이 무슨 말인지 알 것 같았어.

'아, 그 중놈이 홍진사 며느리를 겁탈하려다 죽였구나.'

박문수 어사는 당장 합천 해인사에 있는 해광을 잡아들이라고 명했어. 아무것도 모르고 잡혀 온 해광은 박문수를 보고 깜짝 놀랐어. 거지인 줄만 알았던 박문수가 바로 암행어사였다니, 하지만 자신이 한 말을 다시 주워 담을 수도 없었지._ 정읍군 감곡면

2-4. 박문수의 멋진 판결 시리즈(三快傳) ③ —더 이상 욕심내지 않아요

옛날에 어사는 임금의 명을 받아 백성의 억울함을 풀어 주는 일을 했어. 그래서 자신의 신분을 숨긴 채 나라 안을 두루 돌아다녔지. 어사들 중에 가장 명성이 높았던 이가 바로 박문수였어. 그 덕분에 심성 착한 많은 백성이 억울함을 풀 수 있었지. 한번은 이런 일도 있었어.

어느 마을에 서로 친형제처럼 지내는 두 사람이 있었어. 하나는 성이 김씨요 또 하나는 성이 오씨였어. 둘은 마을에서 제일 가는 부자들이었지. 그런데 어느 날, 김부자가 중병이 들어 다 죽게 되었어. 그는 죽기 전에 하나밖에 없는 아들을 친구 오씨에게 부탁했어.

"내가 저세상 가는 것은 하나도 아쉬운 것이 없는디, 딱 하나 우리 아들 냉겨남겨 놓고 가는 것이 맴에 걸리는고만. 이봐 친구,

자네 자슥이 내 자슥이고 내 자슥이 자네 자슥 아니겄는가. 자네 헌티 내 처자식허고 가진 거 다 맽기고 갈랑게 잘 좀 부탁허네."

오부자는 죽어가는 김부자에게 아들을 잘 돌봐 주겠다고 약속했어. 그리고 김부자는 세상을 떠났어. 오부자는 친구가 죽고 난 후 얼마 동안은 그의 처자식을 지극정성으로 돌봤어. 하지만 몇 년 후, 김부자의 부인도 병으로 죽고 어린 아들만 혼자 남게 되자 오부자는 친구의 재산을 욕심내기 시작했어. 결국 그는 김부자의 아들을 옷 보따리 하나 달랑 들려서 쫓아냈어. 그리고 재산을 몽땅 가로채 버렸지. 하루아침에 가진 것을 모두 빼앗긴 김부자 아들은 아버지 기일이 되어도 밥 한 그릇 올릴 수가 없었어. 아들은 할 수 없이 오부자를 찾아갔어.

"내일이 아버지 제삿날인디 제사상에 올릴 쌀 한 되만 주시면 안 되겄어요?"

"이눔아, 나 먹고살 것도 없는디 너 줄 양식이 워디 있냐?"

오부자는 쌀 한 톨 주지 않고 친구 아들을 쫓아내 버렸어. 분하고 억울한 아들은 임금께 편지를 올렸어. 이것을 본 임금은 박문수를 불러 억울한 사정을 풀어 주라고 명했어. 박문수 어사는 아들을 찾아가 그동안의 일들을 들은 후 오부자를 불러들였어.

"너는 갑자기 그 많은 재산이 다 어디서 난 것이냐. 혹시 도적질이라도 한 것 아니더냐?"

"아이고, 도적질이라니요? 천부당만부당허신 말씀여요. 지 재산은 모두 조상님헌티 받은 것이랑게요."

"이놈, 내가 다 알고 왔는데 어디서 거짓말을 하는 것이냐. 바른대로 말하지 못하겠느냐?"

하지만 오부자는 끝까지 시치미를 떼며 우겼어. 그러자 박문수가 나졸들에게 호령했어.

"당장 저놈을 틀에 묶어 곤장을 치거라."

나졸들은 오부자를 틀에 묶고 곤장 한 대를 내리쳤어. 그러자 오부자는 너무 아파서 눈앞이 깜깜해졌어.

'오메 이러다 나 죽겄네. 죽은 담이 재산이 다 뭔 소용 있어?'

다시 나졸이 두번째 곤장을 높이 치켜들었을 때였어. 오부자는 새파랗게 겁에 질려 사실대로 실토하고 말았지. 박문수는 오부자가 가진 전 재산을 몽땅 김부자의 아들에게 주라고 말했어. 그때 이 광경을 지켜보던 아들이 박문수에게 말했어.

"그동안 당한 일을 생각허면 억울허고 분헌 것을 참을 수가 없지만 그렇게 허면 안 된다는 것은 압니다요. 근게 아버지가 물려주신 지 몫만 가져갈랍니다."

오부자는 김부자 아들의 말을 듣고 남의 것을 가로챈 자신의 행동이 부끄러워 고개를 들 수가 없었어. 박문수 어사는 이렇게 백성들의 억울함을 풀어 주었어. _ 부안군 보안면

2-5. 작대기 하나면 살릴 수 있었느니라

어느 날 박문수가 어사가 되어 첫 잠행을 나갔을 때였어. 홀로 산길을 걸어가고 있을 때 갑자기 초립동이 하나가 헐레벌떡 뛰어오더니 살려 달라며 애원을 하는 거야.

"나리, 어떤 놈이 지를 죽일라고 쫓아오는디 제발 좀 살려 주셔요."

그러더니 덤불 속으로 뛰어 들어갔어. 그러자마자 덩치가 산만한 놈이 쇠 방망이를 들고 뛰어와서 다짜고짜 박문수에게 물었어.

"초립동이 하나 지나가는 거 봤냐 못 봤냐? 그놈이 분명 이리로 왔는디? 만약 니가 봤는디도 안 일러 주면 이 쇠망치에 맞아 죽을 각오를 히야 헐 것이여."

사내는 금방이라도 쇠망치를 휘두를 것처럼 눈을 번뜩이며 다그쳤어. 놀란 박문수는 겁에 질려 그만 초립동이가 숨은 곳을 일러 주고 말았어. 사내는 박문수의 말이 끝나기가 무섭게 덤불 속으로 달려가 초립동이를 쇠망치로 때려죽이고 말았어.

그 일이 있고 난 후 어사 박문수는 마음이 무척 괴로웠지. 자신의 목숨을 지키느라 초립동이를 죽게 만든 것은 아닌가 하는 생각 때문이었어. 한양으로 돌아온 박문수는 궁에 들어가 임금을 뵈었어.

"세상에 나가 보니 백성들 사는 것이 어떠하더냐?"

"전하, 실은 저에게 마음에 한이 되는 일이 있었사옵니다."

그러고는 초립동이를 숨겨 주지 못하고 죽게 한 일에 대해 아뢰었지. 그러자 임금님은 박문수에게 말했어.

"조금만 생각했더라면 너도 살고 초립동이도 살릴 수 있었을 텐데, 아까운 목숨 하나만 잃었구나."

"전하, 그것이 무신 뜻이옵니까?"

"그것같이 쉬운 일이 어디 있는가. 작대기 하나만 있으면 둘 다 살 수 있지 않았는가?"

박문수는 여전히 임금의 말을 알아듣지 못하고 눈만 껌벅거리며 앉아 있었어.

"어허, 참으로 답답한지고. 이래서 어찌 너에게 앞으로 어사 일을 맡길 수 있단 말인가? 잘 들어 보거라. 작대기 하나를 짚고 눈을 딱 감고서 서 있으면, 쫓아오던 놈이 니가 소경인 줄 알 것 아니냐? 그럼 놈이 물어도 소리만 들었지 어디로 갔는지 못 봤다고 하면 될 것 아니냐?"

박문수는 임금의 말에 부끄러워 꿀 먹은 벙어리가 되었어. 그리고 평생 동안 초립동이의 죽음을 잊지 않았어. _ 옥구군 나포면

2-6. 백정의 조카 박문수

박가라는 백정 하나가 살았어. 어찌어찌하여 많은 돈을 모아 큰 부자가 되었지만 천민 중 천민이라 양반은 꿈도 꾸지 못했어. 그래서 평생 양반 노릇 한번 해보고 죽는 게 소원이었지. 그에게는 형님 동생 하며 친하게 지내는 이방이 있었어. 그런데 어느 날 이방이 빚을 갚지 못해 옥에 갇히게 되었대. 그 빚은 자그마치 삼천 냥이나 되었어. 백정은 그 소식을 듣고 부리나케 이방을 찾아가 빚을 대신 갚아 주었어. 이방은 자기를 구해 준 백정이 너무나 고마웠어. 그래서 새로 부임한 원님에게 백정을 좌수조선시대 지방자치기구인 향청의 우두머리로 추천했지. 아직 고을 사정을 잘 모르는 원님은 그의 말만 듣고 백정을 좌수로 임명했어. 그러자 고을 양반들이 벌떼같이 일어나서 난리를 쳤어.

"백정놈이 좌수라니. 천지가 개벽할 노릇이여."

그 바람에 백정은 하루만에 좌수 자리에서 쫓겨나고 말았어. 더 이상 마을에서 살 수 없었던 그는, 아무도 자신을 모르는 곳으로 갔어. 그리고 그곳에서 집과 땅을 사고 양반 행세를 하며 살았지. 비록 좌수 자리에서 쫓겨났지만 직첩조정에서 내리는 벼슬아치의 임명장은 가지고 있었거든. 백정은 인심이 후해서 집에 손님이 끊이질 않았지만, 마을 사람들은 갑자기 나타나 양반 행세하는 그를 점 점 의심하기 시작했어. 어느 날 양반 몇몇이 백정을 찾아와 꼬치꼬치 캐물었어.

"좌수 양반, 어디 박가요. 본이 어디신가?"

백정은 갑자기 묻는 말에 당황한 나머지 엉겁결에 "박문수 어사가 내 조카요"라고 말해 버렸어.

"그 말이 참말이오?"

양반들은 깜짝 놀라며 잠시나마 의심했던 것을 미안해했어.

그런데 얼마 후 정말로 그 동네에 박문수 어사가 지나가게 되었어. 날이 저물어 하룻밤 묵을 곳을 찾던 박문수는 큰 기와집을 발견하고 동네 사람들에게 물었어.

"저 기와집은 뉘댁이요?"

"저 집이 바로 박문수 어사 숙부 댁이여."

"박문수 어사 숙부요?"

"그렀당게, 인심도 후하고 넘들 어려운 사정도 잘 살피는 훌륭한 양반이여. 역시 박씨 문중은 다르더라고."

'이렇게 훌륭한 숙부를 내가 여즉 모르고 있었다니?'

박문수는 깜짝 놀라 서둘러 그 집으로 찾아갔어.

"제가 바로 박문수입니다. 제 숙부님이 여기 사신다는데 한 번도 뵌 적이 없는지라 이렇게 찾아왔습니다."

그 말을 들은 백정은 눈앞이 캄캄해져서 그만 털썩 주저앉고 말았어.

"나리, 이놈이 평생 양반 노릇 한번 히보고 죽는 게 소원이었는디, 고만 지도 모르게 거짓말을 해뿌렀네요. 죽을 죄를 졌습니다요. 한번만 살려 주십쇼."

백정은 무릎을 꿇고 사정했어.

그의 사정을 다 들은 박문수는 신분을 속인 것은 괘씸했지만, 지 뱃속 채우기 바쁜 양반놈들보다 백정이 하는 짓이 더 낫다고 생각했어. 박문수는 백정에게 편지를 써 주며 이렇게 말했어.

"내가 내일 관가에 들어가 하인을 시켜 너에게 편지 하나를 전해 줄 것이다. 그럼 받는 즉시 편지를 찢으면서 화를 내거라."

백정은 영문을 알 수 없었지만 박문수 어사의 명이니 그러마고 했어.

다음 날 관가에 간 박문수는 원님에게 말했어.

"이곳에 숙부가 한 분 살고 계시는데, 제가 나랏일이 바빠서 찾아뵙질 못했소."

그러고는 편지를 써서 백정에게 보냈어. 백정은 박문수가 시킨 대로 편지를 받자마자 하인 앞에서 화를 내며 찢어 버렸어. 하인이 돌아와 이것을 고하자 박문수는 고을의 양반들을 다 불러들였어.

"제가 숙부님을 오랫동안 찾아뵙지 못했더니 화가 많이 나셨나 봅니다. 저를 봐서라도 같이 가 주시면 어떻겠습니까?"

박문수는 양반들과 함께 백정네로 갔어. 그러고는 사람들이 모두 보는 앞에서 백정에게 큰절을 올리며 "숙부님"이라고 불렀어. 그 후로는 아무도 백정을 의심하는 사람이 없었지. 백정은 조카가 되어 준 박문수가 고마워 몰래몰래 그를 도와주었대. _정읍군 정우면

3부

특별한 곳 특별한 이야기

3-1. 홀어미산성

순창에 설씨 문중의 과부가 살았어. 젊은 나이에 혼자가 되었지만 출중한 미모에 인품까지 좋아 동네에서도 칭찬이 자자했어. 새로 부임한 원님도 이 소문을 듣게 되었지.

'대처 을매나 대단한 여인네간디 저 난리들이랴?'

궁금해진 원님은 몰래 찾아가서 담 너머로 부인을 슬쩍 훔쳐봤어. 설씨 부인의 미모는 소문대로였지. 원님은 설씨 부인을 보자마자 그만 반해 버리고 말았어. 그날 이후로 원님은 눈을 감아도, 눈을 떠도 오로지 설씨 부인 생각뿐이었어. 어떻게 하면 부인의 마음을 얻을까 하는 생각만 했지.

어느 날 원님이 사람을 시켜 설씨 부인을 관아로 불러들였어.

"내가 자네 보고 온 뒤로 밥도 목구멍으로 안 넘어가고 잠도 못 자니 환장헐 노릇이여. 사람 살린다 생각허고 내 맘 좀 받아

주먼 안 될랑가?"

하지만 부인은 한마디로 거절했어. 원님은 애가 타서 어쩔 줄 몰랐지. 그리고 그 후로도 계속 사람을 보내 부인 마음을 얻어 보려고 애를 썼지. 도저히 부인을 포기할 수 없었던 거야.

어느 날, 부인이 원님을 찾아와 말했어.

"원님 맴이 정 그러시먼 우리 어르매기내기 시합를 헙시다."

"무슨 어르매긴디?"

"한 달 동안 나는 여그서 성을 쌓을 텅게 원님은 나무깨나막신 신고 한양꺼지 갔다가 오먼 어찌겄소? 그리서 만약 내가 지먼은 원허는 대로 이 몸 바쳐 원님허고 살고, 원님이 지먼 내 혼자 살게 놔두먼 어쩌겄소?"

설씨 부인은 원님과의 내기에서 이길 자신이 있었어. 원님은 부인 마음을 얻고 싶은 욕심에 바로 승낙하고 다음 날 나막신을 신고 한양으로 떠났어. 설씨 부인도 성을 쌓기 시작했어. 먹지도 않고 자지도 않고 부지런히 치마에 돌과 바위를 날라다가 성을 쌓았어.

'아무리 원님 맴이 간절히도 설씨 문중을 더럽힐 수는 없는 일이여.'

이런 생각으로 부인은 온몸이 돌에 긁히고 깨져서 몰골이 말이 아니었지만 하루도 쉬지 않고 성을 쌓았어. 그렇게 시간이 흘러 마침내 돌 한 무더기만 내려놓으면 다 끝나는 것이었어. 그때 '또각또각', '또각또각' 나막신 소리가 들려오더니 어느새 설씨 부인 앞에 원님이 숨을 헐떡이며 떡하니 서는 게 아니겠어.

"자네보다 내가 먼지 왔응게, 인자 어르매기는 내가 이긴 거여, 맞지?"

부인은 망연자실했어. 치마에 있는 돌 한 무더기 때문에 그만 원님과의 내기에서 지고 만 거야. 원님은 좋아서 어쩔 줄 몰랐지만 설씨 부인은 자기가 내기에서 진 것을 받아들일 수가 없었어.

'내 평생 수절을 지킴서 살았는디 인자 와서 원님헌티 몸을 허락할 수는 없지.'

그러고는 자기가 쌓던 산성 아래 시퍼런 물로 뛰어내렸어. 설씨 부인이 죽은 후로 사람들은 그 산성 이름을 홀어미산성이라고 불렀대. _ 남원군 대강면

3-2. 뒤돌아보지 마오

부안 보안면 상입석리라는 마을에 장자長者: 거부를 뜻함라는 부자가 하나 살았는데, 성질이 고약하기가 이루 다 말할 수가 없었어. 성질이 얼마나 못됐는지 거지가 동냥을 하러 가면 먹을 걸 주기는커녕 볼기를 치거나 동냥 바가지를 발로 차서 깨 버리기 일쑤였어.

하루는 스님이 시주를 받으러 왔는데, 못된 부자는 시주 담는 바랑자루에 쇠똥만 가득 담아서 스님을 내쫓아 버렸지. 부엌에서 그것을 지켜본 며느리는 마음이 아팠어. 그래서 시아버지 몰래 쌀 한 바가지를 퍼다 주며 대신 사죄를 했어. 그러자 스님이 며느리를 한참 쳐다보다가 이렇게 말했어.

“쪼깨 이따 이 집에 큰 재앙이 닥칠 것이여. 그런게 어서 당장 날 따라오시오. 그리야 살 수 있을 것이여. 근디 꼭 명심할 것이 있소. 가다가 무신 소리가 들려도 절디로 뒤돌아보면 안 디요."

며느리는 스님의 말을 듣고 정신없이 도망을 쳤어. 그렇게 한참을 가다 고개를 막 넘으려는 순간 '꽝' 하고 천지개벽하는 소리가 났어. 그때 며느리는 자기도 모르게 뒤를 돌아보고 말았지. 너무 놀라 스님이 당부한 말을 잊고 만 거야. 그리고 엄청난 것을 보고 말았어. 자기가 살던 장자의 집이 땅속으로 푹 꺼지더니 물이 차올라 물바다로 변해 버렸지. 그 순간 며느리는 그 자리에 돌로 변하고 말았어. 그 후로 사람들은 며느리가 돌이 되어 버린 곳을 '웃선돌'이라고 하고, 큰 못이 된 장자의 집을 '장자못'이라고 불렀대. 그리고 웃선돌에 비석을 세우고 지금도 정월 보름에 제사를 지낸대. _ 부안군 줄포면

3-3. 일 년만 참았더라면

산골에 병든 어머니와 사는 가난한 나무꾼이 있었어. 나무꾼은 오로지 어머니 건강 걱정뿐이었지. 어느 날 어머니가 말했어.

"야야, 내가 물괴기 한 마리만 푹 삶아 먹으면 후딱 자리 털고 인날일어나다 것 같은디."

그 소리를 들은 나무꾼은 꼭 물고기를 잡아서 어머니 병을 낫게 해드려야겠다고 생각했어. 다음 날부터 낮에는 나무를 하고 저녁에는 용진 방죽으로 물고기를 잡으러 갔어. 하지만 몇 날 며칠이 지나도 물고기 한 마리 보질 못했지. 나무꾼은 시간이 지날수록 어머니가 돌아가시면 어쩌나 싶어서 애가 탔어.

그러던 어느 날, 낚싯대를 던져 놓고 깜박 졸던 나무꾼은 눈이 번쩍 뜨였어. 뭔가가 걸린 듯이 낚싯줄이 이리저리 요동을 쳤어. 나무꾼은 서둘러 잡아당기기 시작했어.

'어따, 줄이 팽팽허고 묵직헌 걸 본께 보통 큰 놈이 아닌갑다.'

나무꾼은 속으로 기대했어. 그러나 낚싯대에 걸린 것은 물고기가 아니라 큰 자라였어.

'큰 물괴기인 줄 알았더만 자라 아니여? 어쩔 수 없지. 이거라도 삶아 드리면 우리 어무니 병이 좀 낫것지?'

나무꾼은 잡아 온 자라를 수통에 넣어 부엌에 두었어.

다음 날 아침 나무꾼은 어머니에게 어제 잡아 온 자라를 삶아 드리려고 부엌으로 나갔어. 그런데 나무꾼은 깜짝 놀랐어. 부뚜막 위에 금방 지은 하얀 쌀밥과 큰 물고기가 놓인 밥상이 떡하니 차려져 있는 거야.

"대체 누가 와서 이렇게 밥을 해놓고 갔다냐?"

놀란 나무꾼은 사방을 둘러봤지만 아무도 없었어. 동네 여기저기에 물어봐도 누가 그랬는지 알 수가 없었지. 그런데 다음 날도, 그 다음 날도 부엌에는 금방 지은 쌀밥에 물고기 밥상이 차려져 있었어. 다행히 어머니는 그 밥을 드시고 점점 기력을 회복하셨어.

날이 갈수록 나무꾼은 누가 와서 밥상을 차려 놓고 가는지 궁금해서 참을 수가 없었어. 그래서 나무하러 가는 척하고 문 뒤에 몰래 숨어 지켜보기로 했지. 한참이 지나자 아무도 없는 부엌에서 이상한 소리가 들려왔어. '딸그락딸그락', 나무꾼은 숨을 죽이고 문틈으로 부엌을 들여다보았어. 가만히 보니 부엌 수통 속에서 예쁜 처녀가 나와 순식간에 밥을 하기 시작하는 거야. 처녀는 지난번 용진 방죽에서 잡아 온 바로 그 자라였어. 밥상을 다 차린 처녀가 다시 수통으로 들어가려고 할 때 나무꾼이 처녀의 손목을 꽉 잡았어.

"그동안 누가 울 엄니 밥상을 이렇게 잘 채려 놓았는가 혔더니 바로 임자였구먼. 이왕 이렇게 됐응게 우리 같이 사는 것이 어떻겄소?"

나무꾼이 간곡히 부탁하자 처녀가 대답했어.

"지도 그러고 싶지만 시방은 안 되어요."

"왜 안 되는디?"

"시방 이유를 말해 줄 수는 없는디 당신이 딱 1년만 집 떠나 있다가 오시오. 그러믄 낭중에 아들딸 낳고 오래오래 같이 살 수 있을 것이여. 당신 없는 동안 어머니는 내가 잘 모실랑게 걱정 말고요."

나무꾼은 내키지 않았지만 처녀와 같이 살고 싶은 마음이 간절해서 그렇게 하겠다고 했어.

다음 날 나무꾼은 보따리를 꾸려 집을 나섰어. 얼마쯤 갔을까. 아무리 생각해도 어머니와 처녀가 자꾸 눈에 밟혀서 발이 떨어지질 않는 거야. 처녀가 한 말이 생각나 마음을 다잡아 보았지만 결국 나무꾼은 가던 길을 접고 되돌아왔지. 하지만 들어갈 염치가 없어 밖에서 몰래 문구멍으로 방 안을 들여다봤어. 그랬더니 이게 웬일이야. 방에 용 아홉 마리가 또아리를 틀고 있는 게 아니겠어. 나무꾼은 깜짝 놀라서 그만 방문을 활짝 열어 버렸어. 그러자 방 안에 있던 용 아홉 마리가 순식간에 사라지고 처녀만 홀로 남아 있더래.

"이제 다 소용없소. 당신이 약속을 어기는 바람에 다 물거품이 되어 버렸당게. 약속헌 디로 1년만 떨어져 살았더드라면 용들이 모두 환생히서 하늘로 올라가고, 당신허고 나허고 오래토록 살 수 있었을 턴디…."

말을 마친 처녀는 그 자리에서 그만 죽어 버렸어. 나무꾼이 1년만 참았더라면 처녀랑 아들 아홉 낳고 평생토록 잘 살았을 텐데 말이야. _ 완주군 삼례읍

3-4. 오수의 개 무덤

사람들이 오수전라북도 임실군 둔남면 지명에 있는 월동산을 개산이라고 부르는데 그 내력이 뭔지 들어 볼래?

어느 날, 한 사람이 동네 잔칫집에 갔다가 술이 거나하게 취해 집으로 돌아오는 길이었어. 그 사람은 너무 취해서 야산 들판에서 잠깐 쉬어 간다는 게 그만 잠이 들어 버렸대. 그에게는 어디를 가도 항상 따라다니는 개 한 마리가 있었어. 그날도 역시 개는 주인을 따라왔다가 들판에서 잠이 든 주인 곁을 지키고 있었지.

얼마나 지났을까. 어디선가 이상한 냄새가 나기 시작했어. 알고 보니 멀리서부터 시작된 불이 들판으로 점점 번져 오고 있었던 거야. 아무것도 모른 채 주인은 술에 취해 자고 있었지. 곁을 지키고 있던 개는 끙끙거리며 주인을 깨우기 시작했어. 입으로 주인의 옷자락을 물고 흔들어 보기도 하고, 크게 소리 내어 짖어 보기도 했지만 소용이 없었어. 불은 점점 더 주인 가까이로 번져 왔어. 다급해진 개는 갑자기 들판 아래 시냇가로 달려가기 시작했어. 그러고는 자기 몸에 물을 적신 다음 주인 곁으로 돌아와 데굴데굴 구르며 불을 끄기 시작했어. 뜨거운 불길에 금방 몸의 물기가 말랐지. 그러면 다시 시냇가로 달려가 몸을 적셔서 불구덩이 속을 굴렀어. 그러나 불길을 잡기는 쉽지 않았어. 그렇게 하기를 수십 차례, 불길은 겨우 잡혔지만 개의 몸뚱이는 불에 검게 그을렸고 개는 점점 지쳐 갔어.

한참 지난 후 주인이 잠에서 깨어났어. 그런데 일어나 보니 자기가 누워 있던 들판 주변이 새까맣게 타 있는 거야. 그리고 자기가 아끼던 개도 까맣게 타서 죽어 있었어. 그제야 주인은 개가 자신을 살리려고 애쓰다 죽었다는 것을 깨달았지. 주인은 개를 그곳에 묻어 주고 의견비義犬碑라는 비석도 세워 주었대. 이게 바로 월동산이 개산이라 불리게 된 내력이야. _ 전주시 동완산동

3-5. 눕혀도 눕혀도 일어서는 송장

옛날 운장산* 아래 오래된 주막이 하나 있었어. 그곳은 사냥꾼들이 오고 가며 묵어가는 길목이었지. 하루는 해가 뉘엿뉘엿 넘어갈 무렵, 장정 너댓 명이 멧돼지 사냥을 끝내고 막 주막으로 내려왔어. 그런데 주막집 여자가 마당에 퍼질러 앉아 대성통곡하고 있는 거야. 사람들이 달려들어 물었어.

"주모, 왜 그려. 뭔 일 났어?"

"어젯밤 갑재기 우리 서방이 죽었는디, 돈도 읍고 쌀도 읍고 초상은 멀로 치른다요?"

겨우내 인적이 끊긴 주막은 돈벌이가 없어서 쌀독은 바닥난

* 전라북도 진안군 주천면, 정천면, 부귀면의 경계에 있는 산으로 해발 1126m의 노령산맥의 주능선을 이루는 최고봉이다. 완주군과 진안군의 접경과 금강·만경강의 분수령을 이룬다.

지 이미 오래였어. 여인의 딱한 사정을 들은 사냥꾼들은 보고만 있을 수 없었지.

“그동안 사냥하러 다님서 여그서 잠도 자고 밥도 얻어먹고 그랬는디 가만있을 수는 없잖여. 우리가 치상治喪초상을 치름을 해 주자.”

사냥꾼들은 각자의 노잣돈을 모아 초상을 치러 주기로 했어. 마을로 내려가서 술과 고기를 사 오고, 마당에 모닥불을 피워 밤새 주막집을 지켰지.

그런데 한밤중이 되자 망자가 있던 방 안의 불이 갑자기 훅 하고 꺼졌어.

“바람도 없는디 갑자기 방에 불이 꺼진디야? 별일이네그려.”

모여 앉아 있던 사냥꾼 중 한 명이 막대기에 불을 붙여 망자의 방으로 들어갔어. 그런데 방 안을 들여다본 순간 깜짝 놀라 나동그라졌어. 글쎄 방바닥에 누워 있어야 할 시체가 벌떡 서 있는 것이 아니겠어? 두 눈을 부릅뜨고 두 손까지 쳐들고서 말이야. 사냥꾼은 놀라서 소리도 못 내고 그만 그 자리에 얼어붙고 말았지. 한편 한참 지나도 사람이 돌아오지 않자 또 한 사람이 방으로 들어왔어. 그리고 그 사람도 역시 발딱 서 있는 시체를 보고서 놀라 뛰쳐나갔지. 사냥꾼들은 모두 방으로 몰려갔어. 그리고 처음 보는 이 광경에 놀라서 다들 입을 다물지 못했지.

정신을 차린 사냥꾼들이 서 있는 시체를 눕혀 보려고 했어. 하지만 시체는 눕혀 놓으면 일어나고 또 눕혀 놓으면 일어나는 거야. 사냥꾼들은 저마다 한마디씩 하기 시작했어.

"송장을 눕힐라먼 송장 귀퉁뱅이귀싸대기를 때리야 혀."

"뭔 소리다? 송장 외약왼쪽 다리를 감아 자빠뜨려야 헌당께."

"아니여, 송장 저드랑겨드랑이에다 간지람 태우먼 된다고 어디서 분명히 들었단 말이여."

사람들은 이것저것 다 해보았지만 송장은 눕혀도 눕혀도 다시 일어났어.

그때 누군가 말했어.

"굴뚝으로 히서 여시나 쪽지비 같은 것들이 방고래 속으로 들어가먼, 고것들이 조화를 부려서 송장이 일어선디야. 그럴 때는 부엌서 굴뚝을 꽉 막고 아궁이에 고춧대나 매운 것을 때먼 된다고 그러던디?"

사람들은 마지막이다 생각하고 이 말대로 해보기로 했어. 굴뚝을 꽉 막은 다음 부엌에서 고추와 청솔가지를 모아다 태우기 시작하자 금세 방 안은 매운 냄새로 가득 찼어. 그러자 아무리 애써도 눕혀지지 않던 송장이 더 이상 일어나지 않는 거야. 그제서야 사냥꾼들은 주막집 남자를 뒷산 양지바른 언덕에 잘 묻어 줄 수 있었지. _ 완주군 고산면

3-6. 성계골과 쌍선봉

고려 말 이성계가 나라 창건에 뜻을 두고 견문을 넓히려고 팔도 강산을 다닐 때였어. 전라도 변산에 이르렀을 때 산수가 어찌나 수려하고 기운이 좋은지 이곳에 자리를 잡고 공부하기로 맘을 먹었지. 이성계는 암자를 짓고, 글도 읽고 무예도 닦으며 지냈어. 그러던 어느 날, 노인 두 분이 찾아왔어. 두 노인에게는 맑고 청정한 기운이 느껴지는 것이 속세의 흔적은 티끌만큼도 없어 보였어. 이성계는 노인들을 지극정성으로 대접했어. 그리고 큰 절을 올린 다음 이렇게 말했어.

"사실 지가 맴속으로 품은 큰 뜻이 하나 있어서 여그서 공부험서 때를 기다리는 중인디, 두 분을 스승으로 모시고 싶습니다요."

두 노인은 사양했지만 이성계의 간곡한 부탁에 결국 승낙을 했지.

그들은 다음 날부터 암자에 머물면서 이성계를 제자로 삼고 가르치기 시작했어. 한 노인은 이성계에게 글을 가르치고, 다른 노인은 무예를 가르쳤어. 이성계는 워낙 뛰어난 인물이라서 하나를 가르쳐 주면 열을 알아듣고 무엇이든 금방 배웠어.

얼마 후 두 노인은 이성계를 불러 말했어.

"더 이상은 가르칠 것이 없으니 이제 세상에 나가서 네 뜻을 펼치거라."

이성계는 큰절을 올린 후 산길을 내려가기 시작했어. 하지만 스승들과 헤어지는 것이 못내 아쉬워 뒤를 한번 돌아다 봤어. 그런데 방금 전까지 서 있던 스승들의 모습은 온데간데없고 봉우리 두 개가 우뚝 솟아 있었어. 이성계를 가르친 노인들은 사람이 아니고 바로 신선이었던 거야. 그 후로 이성계는 조선이라는 나라를 세우고 왕이 되었어. 후세 사람들은 이 봉우리를 '쌍선봉'이라고 이름 짓고, 이성계가 공부하던 곳을 '성계골'이라고 불렀대. 지금도 성계골에는 이성계가 지은 암자의 주춧돌 하나가 남아 있고, 이성계가 손수 심은 대나무도 자라고 있다는군. _ 부안군 백산면

3-7. 덕진못에서 건진 항아리

옛날에 한 선비가 살았는데 어머니가 중병으로 오랫동안 누워 계셨어. 어머니의 병을 고치기 위해 안 해본 것이 없었고, 용하다는 약은 다 구해다 썼지만 어머니의 병세는 크게 좋아지지 않았지. 선비의 근심은 깊어졌어.

'좋다는 약 다 써 봐도 소용없으니, 울 엄니를 뭔 수로 살린댜.'

어느 날, 선비는 어머니 약을 구하러 가던 길에 우연히 전주에 있는 덕진못을 지나게 되었어. 마침 노인 하나가 낚시를 하고 있었어. 선비는 잠시 쉬어 갈 생각으로 노인 곁에 앉았지. 잠시 후 낚싯대에 뭔가가 걸려들었는지 노인이 벌떡 일어나 낚싯대를 끌어당기기 시작했어. 그런데 한참 씨름하다 끌어올린 낚싯줄에는 물고기가 아니라 항아리가 걸려 있었어.

"얼레, 이것이 뭐시다냐? 하도 무거서 큰 물괴기인 줄 알고 좋아혔더만 뭔 놈의 항아리랴?"

실망한 노인은 건져 올린 항아리를 한쪽으로 밀쳐놓고 거들떠보지도 않았어. 그런데 선비가 가만히 보니 항아리가 저절로 움직이고 안에서 소리도 나는 거야.

'오메, 저 항아리가 보통 물건이 아닌가벼.'

선비는 잠시 생각하다 노인에게 항아리를 팔라고 했어. 노인은 웬 떡이냐 싶어 오십 냥을 받고 얼른 팔았지. 부리나케 집으로 돌아온 선비는 항아리를 높이 쳐들더니 땅바닥에 내동댕이쳤어. 항아리는 산산조각이 나고 말았지. 그런데 항아리가 깨진 땅바닥에 큰 잉어가 펄떡거리고 있는 게 아니겠어. 잉어는 어찌나 토실하게 살이 올랐는지 새끼돼지만 했어. 선비는 잉어를 정성스럽게 고아 어머니께 드렸어. 그랬더니 어머니 병이 씻은 듯이 나았어. 아무도 거들떠보지 않던 항아리를 알아본 덕분이었지.

그런데 어떻게 크고 요상한 잉어가 항아리 속에 있었을까? 그 내력은 이런 거야. 예전부터 덕진못 근처에 논밭이 많았어. 사람들은 농사일하다가 목이 마르면 막걸리 한잔씩들 하고 그랬지. 아마도 그때 막걸리 항아리 하나가 못 속으로 굴러 들어갔고, 막걸리 냄새를 맡은 잉어 한 마리가 그 속으로 들어가 제집처럼 살게 된 거지. 그렇게 살다 보니 몸뚱이가 커져 나오지 못하고 몇십 년을 항아리 속에서 살게 된 거야. _ 전주시 노송동

3-8. 원숭이 엉덩이는 빨개

왜 원숭이 엉덩이가 빨갛고 게 발에는 털이 났는지 알아? 그 내력을 말해 줄게.

어느 날 원숭이랑 게 한 마리가 만났어.

"시장한디 뭐 먹을 것 좀 없냐?"

"안 그리도 오늘 아랫마을 김서방네 아들 백일잔치 헌다는 소릴 들었는디?"

"그려? 그럼 떡이나 얻어 먹으러 가자."

원숭이와 게는 곧장 아랫마을로 내려갔어. 김서방네 문 앞에 이른 원숭이와 게는 어떻게 떡을 훔칠 것인가 궁리했어. 게가 원숭이에게 말했어.

"내가 애기 있는 방에 가서 애기 손가락을 살짝 깨물면 애기가 자지러지게 울 것이여. 그 소리를 듣고 사람들이 방으로 몰려

들어올 거 아녀? 그때 원숭이 니가 떡을 들고 도망가거라."

마침 마당에서는 금방 백일 떡을 쪄서 식기를 기다리고 있었어. 잠시 후 게가 문틈으로 몰래 들어가더니 애기 손가락을 살짝 깨물었어. 그러자 자다가 놀란 애기가 자지러지게 울기 시작했어. 마당에 있던 사람들은 놀라 모두 방 안으로 들어갔지. 이것을 지켜보던 원숭이가 떡시루를 이고 도망치기 시작했어. 뒤 따라온 게도 열심히 원숭이를 따라왔지. 하지만 옆으로 걷는 게걸음으로는 원숭이를 따라잡을 수 없었어. 동네를 벗어난 원숭이는 떡시루를 이고 정자나무로 뽀로록 올라가 버렸어. 뒤쫓아 오던 게도 정자나무를 따라 올라가려고 했지만 미끄러지기만 하고 도저히 올라갈 수가 없었지. 힘이 빠진 게는 나무 위에 있는 원숭이에게 말했어.

"원숭아, 배고파 죽겄다. 고만 내려와서 떡 같이 먹자잉?"

하지만 원숭이는 게를 놀려 대며 말했지.

"니가 나무 위로 올라오면 내가 떡 주지."

게는 사정을 하며 다시 말했어.

"너허고 나는 친구 아니여? 우리 같이 먹기로 약속했잖여?"

하지만 원숭이는 나무 위에서 게를 놀려 대며 더 장난을 쳤어. 그러다 그만 떡시루를 땅에 떨어뜨리고 말았어. 그때 나무 밑에서 목이 빠지게 기다리고 있던 게란 놈이 떡시루를 홀랑 들고 게 구멍으로 쏙 들어가 버렸어.

나무에서 내려온 원숭이는 게가 있는 구멍 앞에서 사정했어.

"쪼개 장난 좀 친 것 갖고 그려? 참말로 나는 니랑 같이 먹을라고 힜당게."

하지만 게는 구멍 속에서 나오지 않았어. 화가 난 원숭이는 게 구멍에다 엉덩이를 대고 방귀를 뿡뿡 뀌었대. 그러자 구멍 속에 있던 게가 참다 못해 집게발로 원숭이 엉덩이를 꽉 물었다네. 그때 게에게 엉덩이를 물린 원숭이가 놀라 도망가면서 엉덩이에 있던 털이 게 발에 다 달라붙었어. 물론 원숭이 엉덩이는 털이 빠져 빨갛게 되었고 말이야. 이게 바로 원숭이 엉덩이는 빨갛고 게 집게발에는 털이 소복이 붙어 있게 된 내력이라네. _ 부안군 줄포면

4부

함께 산다는 것은

4-1. 버들잎 구멍에 담긴 진실

한 마을에 똑똑하고 인물도 훤한 도령이 하나 있었어. 도령은 서당에 다니며 열심히 과거 준비를 하고 있었지. 어느 날 동네 우물가를 지나다 물동이를 이고 가는 처녀와 마주치게 되었어. 처녀를 본 순간 도령은 눈을 뗄 수가 없었어. 자태가 어찌나 곱고 예쁜지 그만 한눈에 반해 버리고 말았지 뭐야. 도령은 처녀에게 다가가 머리에 인 물동이를 내려 주며 말했어.

"마침 목이 말랐었는디 물 한잔 줄 수 있겄소?"

도령은 처녀가 건넨 물을 벌컥벌컥 달게 마셨지. 처녀도 예의 바르고 잘생긴 도령이 싫지 않았어. 두 사람은 보름날 저녁에 마을 어귀에 있는 빈 초가에서 만나기로 약속했어. 다음 날 서당에 간 도령은 서당 선생에게 어제 일들을 모두 말했어.

"스승님, 어저께 제가 우연히 처자 하나를 만났는디 그렇게 이쁜 처자는 태어나서 첨 봤네요. 그리서 보름날 빈 초가에서 만나기로 했당게요."

이야기를 들은 서당 선생은 처녀가 얼마나 이쁠까 궁금했어.

드디어 처녀와 만나기로 한 보름날이 되었어. 한껏 들뜬 도령은 서당에 가서 글도 읽는 둥 마는 둥, 어서 시간이 가기만을 기다렸지. 그런데 그날따라 이상하게도 선생이 글 읽기를 더 많이 시키는 거야. 해가 지고 밤이 되도록 끝나질 않았어. 글 읽기에 지친 도령은 그만 깜박 잠이 들어 버렸어. 바로 그때 서당 선생이 몰래 어디론가 가기 시작했어. 그가 도착한 곳은 도령과 처자가 만나기로 한 초가였어. 선생은 캄캄한 방 안을 엿보았지. 그런데 처녀의 자태를 보고 한눈에 반한 선생은 처녀를 덮치고 말았어. 갑자기 일을 당한 처녀는 수치심에 그만 그 자리에서 자결해 버렸어. 한편 뒤늦게 잠에서 깬 도령은 서둘러 초가로 달려갔어. 그런데 도착해 보니 처녀가 죽어 있는 게 아니겠어.

'아니 대체 누가 이런 몹쓸 짓을 한 것이여?' 넋이 나간 도령은 신발도 신지 못하고 허둥지둥 집으로 도망쳐 왔어.

다음 날 마을에서는 난리가 났어. 빈집에서 사람이 죽었으니 보통 큰일이 아니었지. 다들 초가에 있던 신발 주인이 범인일 거라고 수군거렸어. 결국 신발 주인이 도령이라는 것이 밝혀지자 사람들은 너무 놀랐어. 도령은 고을에서도 착하기로 소문이 자자했거든. 원으로 끌려간 도령은 너무나 억울했지만 달리 방법이 없었어. 원님도 도령의 사정이 딱했지만 증거가 있으니 어쩔 수 없이 도령을 사형시키기로 판결했어.

며칠 후, 원님이 세수를 하려던 참이었어. 어디선가 난데없이 버들잎 하나가 날아와 세숫대야에 톡 하고 떨어지는거야.

"나무도 없고 바람도 없는디, 어디서 버들잎이 날아왔다냐? 참 이상도 허다."

그때 옆에서 시중들던 딸이 버들잎을 건져 자세히 살펴보았어. 그런데 잎에 이상한 구멍이 뚫려 있는 게 아니겠어? 한참을 생각하던 원님 딸이 이렇게 말했어.

"아버님, 처녀를 죽인 사람은 도령이 아녀요."

"정말여? 그럼 대체 누구란 말이여?"

"바로 이 버들잎이 말해 주는 자가 범인이여요. 버들 유柳 자, 구멍 공公 자, 이파리 엽葉 자. 범인은 바로 유공엽이라는 이름을 가진 자여요."

원님은 당장 유공엽을 찾으라고 명했어. 찾고 보니 그 사람은 다름 아닌 도령의 서당 선생이었어. 하마터면 억울한 누명을 쓰고 죽을 뻔했던 도령은 영리한 원님 딸 덕분에 살아나게 된 거지. _ 완주군 운주면

4-2. 덜어 낸 나락 한 사발

동복 오씨 형제가 살았어. 형은 욕심 많은 부자였고 동생은 착하지만 가난했지. 어느 해 봄작미[방아찧기]를 하려고 모두들 나락을 내다 널기 시작했어. 오씨 형제도 나락을 내다 널었어. 부자인 형은 나락이 많아서 깔아 놓은 멍석도 많았지만, 가난한 동생은 겨우 작은 멍석 하나였어. 그것을 본 노모는 작은 아들이 맘에 걸렸어. 그래서 아무도 모르게 형네 나락을 덜어다 동생네 멍석에 부어 주었어. 해가 저물자 나락을 거두러 온 작은며느리는 이상한 생각이 들었어. 아침보다 나락이 훨씬 많아 보이는 거야.

'아, 어머니가 형님네 나락을 우리 멍석으다가 덜어 놓으셨는갑다.'

며느리는 나락을 아침에 가져온 만큼만 담고, 나머지를 형의 멍석에 도로 갖다 놓았어. 그때 마침 큰며느리가 이것을 다 보게 되었지.

'우리 집이 참말로 좋은 사람이 들어왔구먼.'

며칠 후 큰며느리는 머슴을 불러 찹쌀 세 말로 술을 빚으라고 말했어. 그리고 술이 잘 익자 남편에게 말했어.

"추수도 마치고 술도 잘 익었는디, 서방님 불러서 술이나 한 잔 허시지 그려요?"

형은 동생과 술을 마시고 거나하게 취해서 잠이 들었어. 그때 형수가 건넌방으로 시동생을 데리고 가더니 문갑을 열어 주며 말했어.

"서방님, 여기 논문서랑 밭문서가 있는디 얼릉 가져 가세요."

"아니, 이게 뭔 소리대요? 형수님, 어쩔라고 이러요?"

그러자 형수가 지난번에 본 일을 소상히 말해 주었어.

"동서 같은 사람이 들어온 것이 우리집 복이여. 그런게 암말 하지 말고 이거 갖고 어서 가셔요. 나머지 일은 내가 다 알아서 할랑께."

다음 날 술에서 깬 형은 문갑 속이 어질러져 있는 것을 보고 깜짝 놀랐어.

"이게 웬일이여, 도둑이 든 거 아녀?"

그러자 옆에 있던 아내가 말했어.

"뭔 소리를 허신디야? 어젯밤 당신이 술 자시다가 서방님을 붙들고 너도 잘살아야 헌다고 논문서 밭문서 주시더만 기억이 안 나시오?"

아내의 말에 어리둥절해진 형은 당장 동생을 불러 자초지종을 물었어. 하지만 동생은 형수가 시키는 대로 말했지.

"형님이 술 먹다 말고 갑재기 문갑을 열어젖히더니 문서 한 주먹을 덤퍽 집어 줌서 눈물까지 흘리셨잖여요?"

형은 간밤의 일이 도저히 기억이 나지 않았지만 어쩔 수 없었어. 며느리들 덕에 우애가 좋아진 동복 오씨 집안은 크게 번창했대. _ 전주시 완산동

4-3. 고려장이 없어진 내력

한 마을에 효자가 살았어. 그에게는 나이가 백이십 살이나 되는 아버지가 있었지. 효자는 아버지를 고려장* 해야 했지만 도저히 그렇게 할 수 없었어. 몇 날 며칠을 고민하던 효자는 좋은 생각이 떠올랐어. 그리고 그날부터 집 뒤 작은 언덕에 굴을 팠지. 그런 다음 낮 동안은 아버지를 굴 속에 숨겼다가 밤에 몰래 집으로 모셔 왔어. 마을 사람들은 아무도 눈치채지 못했어.

그러던 어느 날, 나라에 큰 근심이 생겼어. 중국에서 온 사신이 터무니없는 일로 트집을 잡기 시작했기 때문이야. 사신은 똑같이 생긴 새 두 마리와 막대기 한 개를 가지고 와서 문제를 냈어. 새는 누가 어미이고 새끼인지 가려내고, 막대기는 어느 쪽이

* 부모가 늙고 병이 들면 집에서 멀리 떨어진 곳에 데리고 가서 구덩이를 판 뒤에 산 채로 버려 두었다가 죽으면 장사 지내는 풍습.

위아래인지를 가려내라는 거였어. 그러나 조정에서는 그 문제를 풀 수 있는 사람이 아무도 없었어. 결국 임금은 전국으로 통문을 보내 문제를 풀 사람을 찾았지.

효자도 우연히 이 소식을 듣게 되었어. 효자는 아버지에게 말했어.

"시방 온 나라가 중국 사신이 가져온 문제를 못 풀어서 난리도 아녀요."

"무슨 문젠디 그려?"

"중국 사신이 똑같이 생긴 새 두 마리랑 위아래가 똑같은 막대기 하나를 가져왔는디, 어느 것이 에미고 새끼인지, 어디가 위고 아래인지를 알아내라고 헌데요."

아버지는 혀를 끌끌 차며 말했어.

"천하에 그렇게 쉬운 것을 어찌 모른다냐!"

"아부지는 답을 아시요?"

"별거 아니여. 새는 먹이를 줘 보면 금방 알어. 먼저 먹는 것이 새끼고 기다리는 것이 에미란 말여."

"그럼 막대기 위아래는 어떻게 알 수 있대요?"

"그것은 말여, 물이 까뜩 담긴 대소래대소래기. 모양이 굽 없는 접시처럼 된 넓은 큰 그릇, 장독 뚜껑이나 그릇으로 쓰임에다 막대기를 담가 보면 알어. 언지든지 밑은 무거운 게 가라앉고, 위는 개벼운 게 뜨는 법이여."

효자는 당장 궁궐로 달려갔어. 그리고 아버지가 일러 준 대로 답을 말했지. 효자의 말을 들은 임금은 기뻐하며 큰 상을 내리겠다고 했어. 그러자 효자가 머뭇거리며 말했어.

"사실 문제를 푼 것은 지가 아니라 아부지여요. 올해 백스물 되셨는디 차마 고려장을 헐 수가 읎서서 집 뒤에 굴을 파고 몰래 모셨고만요. 만약 상을 주신다믄 딴 거 말고 우리 아부지나 집이서 편히 모실 수 있게만 해주셔요."

이 말을 들은 임금은 효자의 마음에 감동하여 그때부터 고려장을 없애 버렸대. _ 완주군 고산면

4-4. 지렁이 국

남원 어느 마을에 눈먼 시어머니를 모시고 사는 착한 며느리가 살았어. 남편은 전쟁터에 나가고 며느리 홀로 시어머니를 봉양하며 살았지. 그런데 집이 너무나 가난해서 매 끼니 해결할 양식이 없었어. 며느리는 자꾸만 몸이 약해져 가는 시어머니가 걱정이었지.

'어머님이 날이 갈수록 쇠약해지시니 괴기라도 삶아 드리면 얼매나 좋겄어. 근디 내일 먹을 양식도 없는 판에 뭔 수로 괴기를 구해 드리단 말여.'

애만 태우던 며느리는 궁리 끝에 지렁이를 잡아다가 삶아 드렸어.

"아가, 괴깃국이 참말로 맛있다."

아무것도 모르는 시어머니는 그릇을 깨끗하게 비웠어. 어찌나 맛나게 잘 드시던지 며느리는 차마 지렁이 국이라고 말을 할 수가 없었어. 며느리는 매일같이 어머니에게 지렁이 국을 끓여 드렸어. 시간이 지나자 시어머니는 살이 뽀얗게 오르고 몸도 좋아졌어. 한편 시어머니는 지렁이 국을 먹을 때마다 아들 생각이 났어.

'우리 아들은 전쟁터에서 고생만 헐 턴디 나만 편히 앉아서 괴기국을 먹네그려.'

시어머니는 아들이 돌아오면 주려고 며느리 모르게 고기 건더기를 이부자리 밑에 하나씩 모으기 시작했어.

3년이 지나고 드디어 전쟁터에 나갔던 아들이 돌아왔어. 아들은 살도 찌고 몸도 좋아진 어머니를 보고 깜짝 놀라 물었어.

"어무니, 몸 안 좋으셔서 걱정 많이 혔는디 뭐 잡수고 이렇게 살이 찌셨소?"

그러자 눈먼 시어머니가 말했어.

"아이고 너 없는 동안 매느리가 맨날 괴기국을 끓여 줬당께. 내가 그것 먹고 이렇게 기운을 낸 것이여. 어찌나 그 괴깃국이 맛나던지 내가 너 오면 줄라고 조금씩 모아 놨당게."

어머니는 그동안 모아 둔 고기를 꺼내 아들에게 주었어. 하지만 이것을 본 아들은 깜짝 놀라고 말았어.

"아이고, 엄니. 이게 뭐요? 지렁이 아녀?"

"지렁이라고? 대체 이게 뭔 소리여?"

장님 어머니는 어찌나 놀랐던지 그만 감고 있던 눈을 번쩍 떠버렸대. 며느리가 끓여 준 지렁이 국 덕분에 눈을 뜨게 된 거야._

남원군 금지면

4-5. 시아버지 팔려다가 효부된 며느리

어느 마을에 시아버지를 모시고 사는 아들 내외가 있었어. 그런데 며느리 심보가 어찌나 고약하고 돈만 아는지, 시아버지가 빨리 죽었으면 하고 바랐어. 며느리는 시아버지 방에 불도 넣어 주지 않고, 먹는 것도 입는 것도 제대로 신경 쓰지 않았어. 시아버지는 점점 갈대같이 말라갔어. 남편은 그런 마누라의 못된 심보를 고쳐 보려고 어르기도 하고 달래 보기도 했지만 소용이 없었어. 그러던 어느 날 좋은 생각이 떠올랐어. 남편이 장에 갔다 오는 척하고 부리나케 들어오더니 마누라에게 말했어.

"임자, 나 오늘 장이장에 가서 참 요상한 이야기를 들었네그려."

"뭘 들었간디 저렇게도 호들갑이디야?"

"아 글씨 말여, 요즘 나라에서 늙은이들을 진상할라고 사러 댕긴다네. 살찐 늙은이들을 팔면 자식들한티 돈도 주고 땅도 주고 그런디야. 우리 아부지도 살이 좀 붙었더라면 팔 수 있을 것인디…."

그러자 마누라가 눈을 동그랗게 뜨고 물었어.

"그것이 참말이여? 그라믄 어뜩케 히야 노인네가 금방 살찌는지 물어보지 그랬어?"

"임자, 내가 펄씨벌써 물어봤지. 근디 별것 읍서. 노인네 삼시 세끼 밥 꼬박꼬박 히주고, 밤 삶아 주고, 찰떡도 히주고, 방 따숩게 해주면 금방 살이 찐다네."

마누라는 돈을 벌 욕심에 마음이 급해져서 당장 장에 나갔어. 그리고 밤도 사고 떡도 사고 고기도 사서 매일같이 시아버지에게 먹였지. 또 방도 뜨끈뜨끈하게 해놓으니 손자들도 들어와서 놀고, 동네 친구들도 놀러 와 북적북적했어. 그동안 추운 방에서 제대로 먹지도 못하고 지냈던 시아버지는 얼굴에 화색이 돌면서 제법 몸에 살도 붙었어. 동네 사람들은 달라진 시아버지를 보고 다들 놀랐어.

"시상으 별일이여. 성질머리 고약하던 매느리가 어떻게 하루아침에 저렇게 바뀔 수가 있디야? 천지가 개벽할 노릇이여."

그동안 욕을 하던 동네 사람들은 변한 며느리를 보고 먹을 것도 나눠 주고 효부라고 칭찬도 해주었어. 그리고 농사지을 땅도 빌려주고 집도 빌려주었지.

그러던 어느 날, 장에 갔다 온 남편이 이렇게 말했어.

"오늘 사람들이 말허는 것을 들었는디, 다음 장에 살찐 영감하고 할마이들을 살라는 사람들이 온다네. 우리도 아부지 깨끗이 입혀서 데리고 나가세."

그러자 시아버지 팔러 간다고 좋아할 줄 알았던 마누라가 펄쩍 뛰며 말했어.

"아이고, 아부지 팔면 안 되겄어. 아부지 신수가 좋아진게 동네 사람들 인심도 달라지고 자슥들도 저렇게 좋아하는디…."

아내는 안 된다고 고개를 절레절레 흔들더래. 마음을 고쳐먹은 며느리는 시아버지에게 지극정성으로 효도하며 살았다는군. 결국 아들이 꾀를 써서 심보 고약한 아내를 고쳐 놓은 거야. _ 전주시 풍남동

4-6. 짐승보다 못한 인간

큰비가 내리는 여름날이었어. 계곡 옆에 살던 산골 사람은 갑자기 불어난 물에 뱀 한 마리가 둥둥 떠내려오는 것을 보게 되었지. 불쌍한 마음에 그 뱀을 막대기로 건져 주었어. 그런데 잠시 후 노루 한 마리가 또 둥둥 떠내려오는 거야. 그는 그물을 던져 노루도 구해 주었지. 그리고 또 얼마 지나지 않아 이번엔 바구니에 담긴 갓난아기가 둥둥 떠내려오는 거야. 산골 사람은 강한 물살을 건너 죽을힘을 다해 아기를 건져 올렸어. 그는 마침 자식이 없었던 터라 갓난아기를 친자식처럼 정성스럽게 길렀어.

세월이 흘러 아기는 멋진 청년으로 자랐어. 어느 날 이상한 소리가 들려서 산골 사람이 마당으로 나가 보니 노루 한 마리가 빤히 쳐다보고 서 있었어. 노루는 고갯짓을 하며 따라오라는 시늉을 했어. 노루를 따라가 보니 깊은 산골짜기에서 멈췄어. 그러고는 발로 땅 한곳을 파기 시작했어. 궁금해진 산골 사람도 같이 땅을 팠지. 한참을 파 보니 그곳에는 엽전이 가득 든 주머니가 묻혀 있었어. 그는 그 엽전으로 논도 사고 밭도 샀어. 그런데 아들은 정성 들여 키운 공도 모르고 아버지가 도둑이라고 관가에 일렀어.

"이 돈은 훔친 돈이 아니랑께요. 노루가 알려 준 대로 했을 뿐이여요."

하지만 사람들은 믿지 않았지. 잡혀간 산골 사람은 그만 옥에 갇히고 말았어.

며칠이 지났을까, 큰 뱀 한 마리가 옥중으로 들어오더니 산골 사람의 발가락을 꽉 물고 나가 버렸어. 그는 열이 펄펄 나고 온몸이 퉁퉁 부어서 금방이라도 죽을 것 같았어. 그런데 아까 그 뱀이 입에 풀 잎사귀를 물고 다시 나타나더니 부은 발가락에 딱 붙여 주는 거야. 그러자 신기하게도 온몸에 퍼진 독이 빠지고 열도 금세 내렸어.

이튿날 산골 사람은 대궐 안에 임금님 딸이 뱀에 물려 죽게 생겼다는 소문을 듣게 됐어. 그는 어젯밤 뱀이 물어다 준 풀 잎사귀가 생각났어. 그래서 원님에게 말했지.

"내가 그 병을 고칠 수 있는디, 제발 나를 대궐로 보내 주시오."

원님은 믿기지 않았지만 너무나 간곡하게 청하자 그를 대궐로 보내 주었어. 산골 사람은 뱀이 준 풀 잎사귀를 임금님 딸 상처에 붙였어. 그러자 감쪽같이 나았지. 그는 감옥에서 풀려났고 억울한 누명도 벗을 수 있었다는군. 뱀이나 노루같이 하찮은 짐승도 자기를 구해 준 은혜를 갚을 줄 알건만 사람만은 그 은공도 모른다는 이야기야. _ 남원군 금지면

4-7. 쑥떡배* 포대기에 싸인 아기

홀아버지를 모시고 사는 아들 내외가 있었어. 형편이 넉넉하지 않아서 아들은 남의 집 일을 거들어 주고 며느리는 산에서 나물을 캐서 먹고살았지. 부부는 없는 살림이었지만 아버지를 지극 정성으로 모셨어.

어느 날 친구 만난다고 나간 아버지가 저녁이 다 되어도 돌아오지 않았어. 그러자 걱정이 된 며느리는 돌도 안 된 아들을 업고 시아버지를 찾으러 나섰어. 재 넘어 넙적바위에 이르렀을 때, 술에 취해 누워 있는 시아버지를 발견했어. 반가운 마음에 뛰어가던 며느리는 그만 깜짝 놀라고 말았어. 바위 옆에 호랑이 한 마리가 커다란 입을 벌리고 시아버지를 막 잡아먹으려던 참이었거든. 며느리는 호랑이에게 달려가 사정했어.

* 회색. 색깔이 쑥떡처럼 흰색과 검은색이 섞여 있어서 붙여진 이름이다.

"우리 아부지 살려 주소. 대신 우리 아들 줄랑게."

그리고 쑥떡배 포대기에 싸인 아들을 호랑이 앞에 내려놓았어. 그러자 호랑이는 아들을 물고 순식간에 사라졌지. 술에서 깬 시아버지는 아무것도 모르고 어린 손자를 찾았어. 그러자 며느리는 이웃집에 두고 왔다고 거짓말을 하며 아무 내색도 하지 않고 시아버지 수발을 들었어. 일을 마치고 돌아온 남편이 아기를 찾자 며느리는 자초지종을 털어놓았어.

"자네 어쩔라고 그랬당가?"

"아버님은 돌아가시면 다시는 못 보지만 아들은 또 낳으면 되잖여요."

한참이 지나고 소쿠리 장사가 그 집 앞을 지나게 되었어.

"내가 재를 넘어오는디 참 이상헌 소리를 들었당게."

"무슨 얘긴디요?"

"누가 부잣집 노적가리곡식더미 밑에 쑥떡배 포대기에 싼 애기를 두고 갔디야."

며느리가 들어 보니 호랑이에게 내준 자기 아들이 틀림없었어. 며느리는 한걸음에 노적가리로 달려갔어. 그런데 정말로 노적가리 밑에 호랑이에 물려 간 아들이 방실방실 웃고 있는 거야.

"어찌 우리 애기가 여기 이러고 있다냐?"

며느리는 아기를 보듬어 안고 집으로 돌아왔어. 한편 이 애기를 듣게 된 부잣집 주인은 말했어.

"당신은 하늘이 내준 효부로구만. 그러니 호랭이도 그걸 알고 당신네 아들을 노적가리 밑에다 갖다 놓은 거지."

부자는 며느리에게 노적가리를 모두 주었어. 아들 내외는 빈곤한 살림도 펴고 남부럽지 않게 잘 살았대. _ 완주군 봉동면

4-8. 가화만사성

어느 마을에 몹시 가난한 집이 있었어. 늙은 부부와 형편이 어려워 장가도 못 간 나이 많은 아들이 살았지. 그러다 늦게서야 며느리를 보게 되었어.

"찰떡이 먹고 싶네 마누라. 어디 가서 찹쌀 좀 꿔다 떡 좀 히 보소."

먹을 것이라고는 눈을 씻고 찾아봐도 없는데 철없는 시아버지는 떡이 먹고 싶다고 노래를 불렀어. 할 수 없이 시어머니가 이웃집에 가서 찹쌀을 한 갑때기보시기. 김치나 깍두기 따위를 담는 반찬 그릇의 하나 꿔 와서 새 며느리에게 떡을 찌라고 일렀어. 하지만 며느리는 떡 찌는 방법을 몰랐어. 그래서 생쌀을 시루에다 붓고 솥에다 물을 조금 부어서 집에 있는 나무를 다 긁어다가 불을 땠어. 그런데 얼마나 분수없이 불을 땠던지 시루도 터지고 솥도 깨지고 만 거야. 밖에 일 나갔다가 돌아온 시어머니는 부엌에서 울고 있는 며느리를 보게 되었어.

"아가, 왜 울고 있냐?"

"떡을 찌다가 떡 시리시루도 깨지고 솥단지도 깨져서 그려요."

그런데 며느리 말을 들은 시어머니는 화를 내기는커녕 이렇게 말했어.

"내가 쫌만 더 일찍 들어왔더라면 일이 없었을 것인디… 이제 막 시집 와서 암것도 모르는 니한티 맽겨 놓고 나간 내 잘못이여."

잠시 후 나무를 한 짐 해서 돌아온 남편도 이야기를 듣게 되었지.

"엄니, 그런 말씀 마셔요. 지가 진작 일찍 왔더라면 엄니가 밭에 일하러 나가지 않아도 됐을 턴디…."

그러자 이번에는 곁에 서 있던 시아버지가 말했어.

"다 내 탓이여. 내가 괜히 떡 먹고 잡다고 히갖고 새 매느리를 울리는구먼."

식구들은 모두 자기 탓이라고 말했어. 그 후로 그 집안은 자식도 번창하고 하는 일마다 잘되어서 만석천자 노릇을 하며 살았다네. 역시 집안이 화목하고 편해야 바깥일도 다 잘되는 법이야. _ 전주시 풍남동

4-9. 아무리 친구라도 지 죽을 일 할랍디여

아버지 말이라면 무슨 말을 해도 안 들으면서 친구 말은 곧이듣는 아들이 있었어. 아버지가 말이라도 할라치면 쓸데없는 소리 한다고 화만 내고 제 고집대로만 하며 살았어. 어느 날 아버지가 아들을 불렀어.

"내가 무신 말을 히도 못 믿는디, 그렇다면 니한티 보여 줄 것이 있어."

그러고는 돼지 한 마리를 죽여서 송장처럼 가마니에 둘둘 말아 놓고 아들에게 말했어.

"오늘 저녁 질[제일] 친한 친구 집이 가서 자는 놈을 깨워 오니라. 그리고 장난허다가 고만 사람을 쥑였는디 어쩌끄나? 허고 말히라."

그 소리를 들은 아들은 자신만만하게 제일 친한 친구를 찾아갔어. 그리고 이렇게 말했어.

"내가 술을 먹고 사람을 때렸는디 고만 죽어 부렀어. 이 일을 어쩐다냐?"

그러자 친구가 당황하며 말했어.

"사람을 줘여 놓고 나를 찾아오면 어떻게 혀? 나는 몰르는 일이여."

친구는 뒤도 안 돌아보고 집으로 들어가 버렸어.

한쪽에 숨어서 이것을 본 아버지는 말했어.

"그동안 내 말은 죽어라고 안 듣고, 친구 말은 팥으로 메주를 쑨다고 히도 믿더니 저런 것도 친구냐?"

그러자 아들이 변명이랍시고 말했어.

"아무리 친구라도 지 죽을 일 할랍디여하겠습니까?"

"친구라믄 내가 죽게 생겼어도 해야 하는 것이여."

"그럼, 아버지 친구는 얼매나 좋은 사람이 있소?"

"내가 보여 줄 턴게 잘 봐라잉?"

아버지는 친구에게 죽은 돼지를 송장처럼 지고 가서 아들에게 시킨 것과 같은 말을 했어. 그러자 친구가 말했어.

"어쩌다 그런 일이 생겼는가? 그리서 시방 송장은 어디 있는 거여?"

"여기 내가 지고 왔네."

"그럼 일단 우리 집 뒷마당이다가 묻고 생각을 히보세."

아버지 친구는 서둘러 자기 집 뒤뜰에 땅을 파고 가마니로 만 것을 묻었어.

"걱정 말고 어서 가소."

그 후로 아버지 친구는 거짓말로 사람을 죽였다고 한 줄도 모르고 아무런 내색도 하지 않았어. 며칠 후 아버지는 아들에게 이렇게 말했어.

"친구 일이라면 죽을 수 있는 일도 이렇게 내 몸하고 똑같이 하는 것이여."

아버지는 그 친구와 평생토록 사이좋게 살았어. 그리고 아들도 아버지 말을 잘 듣게 되었다네. _ 전주시 동완산동

4-10. 지성이면 감천이지

지성이라는 봉사와 감천이라는 앉은뱅이가 살았어. 지성은 앞을 못 보니 마음대로 갈 수가 없고, 감천은 걷지를 못하니 마음대로 다닐 수가 없었어. 하지만 지성과 감천은 세상에 둘도 없는 친구였어. 감천은 지성의 눈이 되어 주고, 지성은 감천의 다리가 되어 주었지.

어느 날, 지성과 감천은 아랫마을 잔칫집에 가기 위해 길을 나섰어. 한참을 가다가 시냇물을 건너게 되었지. 등에 업힌 감천이 지성에게 말했어.

"지성아, 인자 시냇물 건너간게 그리 알어."

지성은 조심조심 시냇물을 건너기 시작했어. 반쯤 건넜을 때 감천이 물속에서 뭔가를 발견했어.

"잠깐 서 봐라. 물속에 뭣이 있는 것 같은디?"

감천이 자세히 보니 그것은 바로 누런 금덩어리였어.

"지성아, 내가 시방 뭘 봤는가 알어? 바로 금덩이여."

"뭐라고? 그게 참말이여?"

"그럼, 참말이고 말고."

지성과 감천은 금덩어리를 안고 기뻐했어. 하지만 둘은 이것을 어떻게 나누어 가질지 고민이 되었어. 단단한 금덩어리를 똑같이 나누는 일은 쉽지 않았기 때문이야. 한참을 고민하다 지성이 말했어.

"감천아, 니가 먼저 금덩어리를 발견했응께 니가 가져라."

그러자 감천이 말했어.

"아녀, 내가 너 아니면 어떻게 여기까지 왔겠어? 그런게 이것은 니 꺼여."

"아니여, 이건 니 꺼여."

"아니랑게."

둘은 서로 가지라고 실랑이를 하다 결국 이렇게 말했어.

"우리가 시방까지 금덩어리 없이도 잘 살았는디 이게 다 뭔 소용이여. 그냥 아까 있던 자리에 두고 가자."

그제서야 지성과 감천은 마음이 편해졌어. 둘은 금덩어리를 원래 있던 자리에 두고 다시 가던 길을 가기 시작했어.

지성과 감천은 한참을 가다가 포수를 만났어. 두 사람은 포수에게 시냇물에 금덩이가 있으니 찾아보라고 말해 주었어. 포수는 부리나케 시냇물로 달려갔어. 하지만 그가 발견한 것은 금덩어리가 아니라 황구렁이였어. 포수는 깜짝 놀라서 황구렁이를 총으로 쏴 죽였어.

'그럼 그렇지. 세상에 금덩어리를 보고도 버리고 오는 놈이 어디 있겠어? 그 소리를 믿은 내가 미친놈이지.'

한편 잔칫집에서 돌아오던 지성과 감천은 다시 그 시냇물을 건너게 되었지. 그런데 이게 웬일인가. 갈 때 봤던 금덩어리가 둘로 똑같이 쪼개져 있는 게 아니겠어. 이제 둘은 금덩어리를 사이좋게 나누어 가질 수 있게 된 거야. 하지만 지성과 감천은 더 이상 욕심이 없었어. 둘은 금덩이를 안고 절을 찾아가 부처님 앞에 시주를 했어. 그런데 그 후로 신기한 일이 일어났어. 봉사였던 지성은 눈을 뜨게 되고, 앉은뱅이였던 감천은 걸을 수 있게 되었던 거야. 하지만 둘은 여전히 세상에서 제일 친한 친구로 지내며 평생을 살았대. _ 부안군 보안면

5부

진짜 열녀, 가짜 열녀

5-1. 남편 병만 고칠 수 있다면

어느 마을에 용천배기[문둥병]에 걸린 남편을 돌보며 사는 각시가 있었어. 용천배기는 살이 문드러지고 식구들과도 같이 살 수가 없는 아주 무서운 병이었어. 각시는 병든 남편을 데리고 여기저기 떠돌아다니다가 간신히 낯선 동네 물레방앗간에서 자리를 잡고 살게 되었어. 각시는 동냥을 해서 남편을 보살폈지.

어느 날 각시가 동네 부잣집으로 동냥을 갔어. 각시는 밥을 주면 정지[부엌]도 청소하고 부뚜막도 반들반들하게 기름칠해 주었어. 그것을 본 부자는 각시의 행동거지가 참 마음에 들었어.

"어이, 자네 손끝이 참 야무지고만그려. 우리 집서 식모로 있으면 어쩐가?"

"그렇게만 허주신다면야 저야 황공 감사허지요."

각시는 남편에게 더 좋은 음식을 가져다줄 수 있을 거라고 생각하고 그렇게 하기로 했어. 부자가 일을 시켜 보니 각시는 부엌일뿐만 아니라 바느질과 베 짜는 일까지 못하는 게 없었어. 부자는 그런 각시가 탐이 나서 같이 살자고 졸라 댔어. 며칠을 고민하던 각시가 마침내 부자에게 말했어.

"실은 지한티 소원이 하나 있는디요."

"소원이 대체 뭣이여? 나랑 살기만 헌다면 무엇이든 다 들어줄랑게 어서 말히 보소."

"지한티는 용천배기 남편이 있는디, 남편 병을 낫게 허는 것이 지 소원이구만요."

부자는 각시의 소원을 들어주기로 약속하고 내외간이 되어 병든 남편을 열심히 보살폈어. 그렇게 세월이 흐르자 남편의 병도 씻은 듯이 나았어. 어느 날 남편은 각시에게 말했어.

"임자, 내 병도 다 나았응게 인자 고향으로 갈라네. 내 병이 나은 것은 다 자네 공이지만 부자의 덕도 크네. 그런게 자네는 여그 남아서 부자랑 잘 살게."

각시는 남편과 헤어져야 한다는 것이 견딜 수 없이 괴로웠어. 당장이라도 따라나서고 싶었지만, 부자와 한 약속 때문에 그럴 수도 없었어.

드디어 남편이 떠날 날이 되었어.

"나 인자 가네. 잘 살게."

"서방님도 몸조심허고 잘 가시오."

남편이 떠나자 부인은 돌아서서 부자에게 말했어.

"서방님, 이럴 수 밖에 읎는 저를 용서허세요. 부디 저를 잊고 잘 사시오."

그러고는 두 남편을 섬길 수 없다고 여긴 각시는 그 자리에서 스스로 목숨을 끊었어. 나라에서는 남편 병을 고치고 죽은 각시를 위해 열녀문을 세워 주었대. _ 부안군 부안읍

5-2. 원수와 산 이유

어느 마을에 두 친구가 있었어. 앞뒷집에 살며 일도 같이 하고 늘 붙어 다녔지. 나이가 들자 한 사람은 장가가서 예쁜 각시를 얻었지만 한 사람은 혼인도 못 하고 혼자 살았어. 그 총각은 알심달심한아담하고 좋은 친구의 각시가 속으로 탐이 났어. 그래서 어떻게 하면 뺏을 수 있을까 궁리를 했지.

'이놈만 없으면 내가 저 이쁜 각시를 델고 살 수 있을 턴디….'

어느 날 총각은 친구에게 나무나 하러 가자고 했어. 두 사람은 지게를 지고 산속으로 들어갔지. 한참 나무를 하고 시원한 곳에 앉아 쉬고 있을 때였어. 총각은 갑자기 달려들어 친구를 죽여 버렸어. 그러고는 아무도 모르게 감쪽같이 산속에 묻어 버렸지.

해가 지고 혼자 돌아온 총각을 보고 각시가 물었어.

"우리 서방님은 어쩌고 왜 혼자 온대요?"

"여직 안 왔소? 같이 갔다가 나는 이 골짝으로 가고, 그 친구는 저 골짝으로 들어감서 각자 나무 히서 집이서 보자고 혔는디…."

"아직 안 왔어라우."

"아, 날 저물먼 올 테지라우. 조깨만 기둘려 보시오."

총각은 아무 일도 없었다는 듯이 능청스럽게 대답했어. 하지만 남편은 아무리 기다려도 돌아오질 않았어. 각시는 남편을 찾으려고 온 사방을 다 헤매고 다녔지. 그렇게 1년이 가고 2년이 지났어. 한편 총각은 친구의 각시를 도와주며 틈이 날 때마다 같이 살자고 졸라 댔어.

"아직까정 안 오는 거 본게 그이는 이제 산 사람이 아니여. 살아 있었으믄 펄씨[벌써] 왔겄지. 인자 고만 기다리고 나랑 살어."

그러나 각시는 혼자만 돌아온 총각이 아무래도 의심스러웠어. 하지만 증거가 없으니 누구에게 말할 수도 없었지.

'안 되겄어. 물증을 잡을라먼 이 수밖에는 없지. 같이 살믄서 알아볼 수밖에….'

각시는 총각이 하자는 대로 같이 살면서 아들도 낳았지. 총각은 탐내던 친구의 각시를 얻어 아들까지 낳고 살게 된 것이 더없이 행복하고 좋았어. 그렇게 10년이 흐르고 비가 추적추적 내리는 어느 날이었어. 총각이 머리에 이나 잡아 달라고 각시 다리를 베고 누웠어. 그런데 처마의 대롱 밑으로 빗물이 뿌글뿌글 나오는 것을 보고 자기도 모르게 헛웃음이 나왔어.

"왜 뜬금없이 웃는대요?"

"갑자기 뭔 생각이 나서 그런디 자네는 알 것 읎네."

이상하다고 생각한 각시는 총각을 살살 달래며 물었어.

"이적지 아들까지 낳고 사는디 나한티 못할 말이 어디 있대요? 말히 봐요."

총각은 속으로 생각했어. '그려, 세월이 10년씩이나 되았고 자식꺼정 낳았는디, 이제 와서 안다고 뭔 일 나겄어?'

그러고는 10년 전에 있었던 일을 각시에게 말했어.

"저 대롱 밑에서 빗물이 뿌글뿌글 나오는 걸 본게 그때가 생각나서 그려. 사실은 자네가 참 탐나더라고. 그리서 나무하러 가자고 히갖고 산이 가서 내가 자네 서방을 죽여 뿌렀어. 그때 피가 뿌글뿌글 뿜어져 나오던 것이 갑자기 생각나서 웃은 거여."

각시는 태연한 듯 이야기를 듣고 있었지만 오장육부가 갈기갈기 찢어지는 것만 같았어. 각시는 남편의 원수를 갚기로 결심했어. 밤이 되자 총각이 잠들기를 기다렸지. 그리고 미리 숨겨 둔 칼을 꺼내 총각의 목을 찔렀어. 마침내 10년을 기다려 남편의 원수를 갚게 된 거야. 그러고 난 후 각시도 그 자리에서 스스로 목숨을 끊었어. 사람들은 남편의 원수를 갚기 위해 10년을 참고 기다린 각시에게 열녀문을 세워 주었대. _ 부안군 부안읍

5-3. 두 남편과 산 여자

토금을 캐며 살아가는 사내가 있었어. 작은 우물 같은 구덩이를 파고 땅속 깊이 들어가 금을 캤지. 사내에게는 착하고 얌전한 각시가 있었어. 둘은 부부 금실이 좋기로 소문이 자자했어.

어느 날이었어. 사내가 금을 캐러 들어가자마자 우르릉 꽝꽝 하고 엄청난 소리가 들리더니 토굴이 무너졌어. 그 바람에 사내도 같이 생매장되고 말았지. 각시는 남편이 죽었다는 사실이 도저히 믿기지 않아 매일같이 따뜻한 밥을 지어 토굴 앞에 가져다 놓고 뼛속부터 나오는 서러운 울음을 울었어.

동네 사람들은 토굴에 묻힌 사내가 죽었다고 생각하니 자식 하나 없이 과부가 된 각시가 불쌍했어. 그래서 각시를 손 없는 집안 사람에게 소개시켜 줬어. 하지만 각시는 들은 척도 하지 않았지. 그래도 사람들이 여러 번 권하자 이렇게 말했어.

"우리 남편 시신이라도 찾아 주는 사람이라믄 두말없이 시집 갈라요."

그 말을 듣고 어떤 사내가 나섰어. 그는 있는 힘을 다해 무너진 토굴을 파기 시작했어. 그리고 마침내 남편을 흙구덩이에서 꺼냈지. 그런데 놀라운 일이 일어났어. 죽었다고 생각했던 남편이 살아 있었던 거야. 그는 땅속에서 실낱 같은 숨을 쉬며 겨우 목숨을 부지하고 있었던 거야. 매일같이 무너진 토굴 앞에 밥을 지어 빌었던 각시의 정성으로 살아난 거지.

각시는 죽은 줄로만 알았던 남편이 살아 돌아왔으니 기쁘기 그지없었어. 하지만 남편을 흙구덩이에서 꺼내 준 사내와 했던 약속도 저버릴 수 없었지. 각시는 남편에게 이 사실을 모두 이야기했어.

"당신이 살어난 것은 다 그 사람 덕이여요. 내가 당신 시신이라도 찾아 주는 사람이 있으면 재가라도 헌다고 혔더니 마침 저 사람이 당신을 토굴에서 꺼내 놓은 것이여."

"참말로 은인이구만그려."

"그리서 말인디 당신 살려 준 공은 갚어야 허지 않겄어요?"

남편은 각시가 하자는 대로 하기로 마음먹었어. 각시는 남편을 구해 준 사람한테 가서 아들 형제를 낳아 주었어. 몇 년 후 각시가 말했어.

"아들 둘씩이나 낳아 줬응게 이만허면 우리 남편 살려 준 공은 갚었지요?"

사내도 더 이상 각시를 붙잡지 않았어. 각시는 토굴에서 죽다 살아난 남편에게로 돌아와 오래도록 함께 행복하게 살았어. 그리고 이때부터 이부종사, 이부열녀라는 말이 생겼다네. _ 정읍군 옹동면

5-4. 살아서 받은 열녀문

이진사와 김진사가 사이좋게 살고 있었어. 둘은 슬하에 자식을 하나씩 두었어. 김진사는 5대 독자 아들을, 이진사는 무남독녀 딸을 두었지. 세월이 흘러 자식들이 혼인할 나이가 되었어. 어느 날 김진사가 이진사에게 말했어.

"이진사, 우리 아들 중매나 하나 서 봐."

그러자 이진사가 말했어.

"아따, 중매 서고 말고 헐 것이 뭐 있당가. 내 여식허고 자네 아들허고 맺어 주면 되지."

사이가 좋았던 두 집안은 그렇게 하기로 결정했어. 드디어 혼인날이 내일로 다가왔어. 김진사와 아들은 신부 집으로 납채신랑될 사람의 집에서 신부될 사람의 집에 혼인을 청하는 의례를 하러 길을 떠났어. 아침부터 일찍 서둘렀지만 그만 날이 저물어 주막에 묵게 되었지. 그런데 김진사가 주막집 주모와 시비가 붙었지 뭐야. 주모가 김진사에게 욕을 하고 달려들자, 그것을 지켜보던 아들은 분을 참지 못하고 몽둥이를 휘둘렀어. 그 바람에 주모는 그만 죽고 말았지. 살인죄로 관가에 잡혀간 아들은 원님에게 사정을 이야기했어.

"오늘이 바로 지가 혼인허는 날인디 고만 이런 일이 벌어져 버렸소. 일어난 일이사 헐 수 없지만 신부 집서 을매나 기가 맥히것소? 가서 한마디 말이라도 허고 오도록 허락히 주시면 안 되겄소?"

이야기를 들은 원님은 아들의 청을 들어 주었어. 신부 집으로 간 아들은 처자에게 말했어.

"나는 살인죄를 저지른 죄인이 되어 버렸소. 아직 납채도 안 허고 정혼도 안 했응게 다른 사람헌티 시집가서 잘 사시오."

아들이 관가로 돌아간 후로 이진사 딸은 밥도 안 먹고 잠도 안 자고 앓아누웠어. 그러다 며칠 후 부모님께 이렇게 말했어.

"혼인식을 했든 안 했든 인자 나는 그 집안 사람이여요. 지한티 서방님을 구할 방도가 있응게 삼백 냥만 주셔요."

처자는 남장을 한 다음 부모가 준 삼백 냥을 가지고 관가로 찾아갔어. 옥문을 지키는 두 포졸에게 각각 백 냥씩을 나누어 준 다음, 나머지 백 냥으로 마련한 독주와 고기를 먹였어. 포졸들이 술에 취해 잠이 들자 처자는 옥으로 들어가 남편을 만났어.

"당신이 5대 독자 외아들인디 집안의 대를 끊는 대죄를 저지를 수는 없잖여요. 뒷일은 지가 다 알아서 할 텡게 당신은 걱정 말고 어서 가요."

처자는 자기가 입고 간 옷을 남편에게 입혀 옥에서 내보낸 후 남편 대신 들어가 앉았어. 술에서 깬 포졸들은 아무것도 모른 채 죄인을 데려와 곤장을 쳤어. 그런데 곤장을 맞던 처자가 아픔을 견디지 못해 그만 비명을 지르고 말았어. 그제야 죄인이 바뀐 것을 알고 원님이 그 사정을 물었어. 처자는 원님에게 자초지종을 털어놓았어. 이 말을 들은 원님은 남편을 섬기는 지극한 마음에 감동하여 처자를 풀어 주었지. 그리고 나라에서도 처자에게 열녀문을 하사했어. 본래 열녀문은 죽어서나 받을 수 있는 것인데 살아서 받았으니 '생열녀문'이 된 거지. 그렇게 살아난 김진사댁 아들과 이진사댁 딸은 자식 많이 낳고 양가 부모에게 효도하며 오래오래 잘 살았대. _ 정읍군 이평면

5-5. 열녀(烈女)와 열녀(十女) ①—열녀(十女)

시골 사는 선비가 있었어. 선비의 아내는 어려운 형편에도 남편의 과거 뒷바라지에 지극정성을 다했어. 하지만 선비는 번번이 낙방을 했지. 이번에는 틀림없다고 큰소리를 쳤지만 아니나 다를까 또 낙방하고 말았어. 선비는 고개를 떨구고 맥없이 궁궐 문 앞에 앉아 있었어. 그때 느닷없이 화살 하나가 날아와 궁궐 문에 꽂혔어. 화살 끝에는 종이 한 장이 박혀 있었는데 이렇게 쓰여 있었지.

"이 화살은 열녀烈女만이 뽑을 수 있다."

사람들이 모여들어 화살을 뽑아 보려고 했지만 꿈쩍도 하지 않았어. 장안에 열녀라고 소문난 사람을 다 데려와 뽑아 보려 했지만 소용이 없었어.

그때 선비는 출가한 누이가 생각났어. 일찍 혼자가 되었지만 정절을 지키며 살고 있었지. 선비는 현풍玄風 곽씨郭氏였는데 누이는 문중에서도 열녀로 소문이 자자했어.

'만약 누이가 화살을 뽑기만 헌다면 내가 벼슬자리 하나라도 얻을 수 있을랑가 누가 알겄어? 일단 내리가서 누이헌티 사정히 봐야겄다.'

집으로 내려온 선비는 아내에게 한양에서 있었던 일을 말해주었어.

"장안의 열녀는 말할 것도 없고 시골 열녀까지 다 데려다가 뽑아도 화살이 끄떡을 안 혀. 진짜 열녀만 그 화살을 뺄 수 있는 거지. 혹시 화살만 뽑을 수 있다면 나한티 관직이라도 줄랑가 누가 알어?"

그러자 말을 듣던 아내가 대뜸 말했어.

"그려? 그러믄 내가 그 화살 뺄 수 있을 것 같은디?"

"그게 뭔 소리여?"

"곰곰이 생각히 본게 내가 만난 남자가 중놈까지 합해서 꼭 열이여. 근게 내가 바로 열녀 아닌가벼?"

"뭣이여? 그럼 나 말고 품은 사내가 열이나 된단 말이여?"

아내는 열녀烈女를 남자 열을 만나 본 열녀十女인 줄로 안 거야. 아내의 말을 들은 선비는 기가 막혔지만 화를 낼 수도 없고 그렇다고 웃을 수도 없었어. _ 부안군 줄포면

5-6. 열녀(烈女)와 열녀(十女) ② — 열녀(烈女)

집을 나온 선비는 열녀로 소문난 누이를 찾아가 화살을 뽑아 달라고 청했어. 누이는 선뜻 승낙하고 같이 한양으로 올라갔지. 그러고는 목욕재계한 다음 물 한 동이를 길어다 놓고 화살 박힌 궁궐 문에 세 번 절을 했어.

"지는 현풍 곽씨인디 어려서 출가혀서 스물이 되던 해 남편 잃고 여직까지 정절을 지키며 살았소. 지가 무세한무력한, 힘이 없는 줄은 알지만 한번 해볼라고 왔소."

하고는 화살을 꽉 잡고 뽑기 시작했어. 그런데 화살이 반절쯤 나오더니 턱 걸려서 더 이상 빠지지 않는 거야. 다음 날 누이는 다시 목욕재계하고 세 번 절한 후, 궁궐 문에 대고 이렇게 말했어.

"사실은 지가 스물다섯 되던 해 시암샘에 물 질러 간 적이 있소. 근디 총각 하나가 땀을 뻘뻘 흘림서 물 한 그릇 청하걸래 떠 준 적이 있었소. 벌컥벌컥 물을 마시고 돌아서는 총각 인물이 어찌나 훤허던지 '저런 남자하고 하루만 살아 봤으면 원이 없겄다' 딱 한 번 맘먹어 본 적이 있소. 맘으로라도 그러믄 안 되는 것이였는디…."

말을 마친 누이는 다시 화살을 잡고 힘을 주었어. 그러자 화살이 쑥 빠져 버렸어. 임금님은 현풍 곽씨네 집안에 열녀문을 하사했어. 선비도 누이 덕분에 벼슬 한자리 얻어서 잘 먹고 잘 살았지. _ 부안군 줄포면

5-7. 열녀는 호랑이도 알아본다

젊은 내외가 앞 못 보는 어머니를 모시고 행복하게 살고 있었어. 그런데 혼인한 지 석 달 만에 그만 남편이 죽고 말았어. 홀로 된 며느리는 남편을 생각하며 시어머니를 정성껏 모셨지. 하지만 며느리의 친정 부모는 젊은 나이에 과부가 된 딸이 안타까웠어. 그래서 친정으로 데려와 다시 시집보내야겠다고 생각했지. 하지만 며느리는 앞 못 보는 시어머니를 혼자 두고 갈 수가 없었어. 갖은 수를 다 써도 딸이 오지 않자 애가 탄 친정 부모는 어머니가 돌아가셨다고 거짓말을 했어. 깜짝 놀란 며느리는 친정에 갈 채비를 하며 시어머니에게 당부했어.

"어무니, 사흘 안으로 얼릉 다녀올랑게 그동안만 진지 잘 드시고 계셔요."

며느리는 방 안에 시어머니가 먹을 것을 챙겨 놓고 집을 나셨어. 며느리가 강을 건너 친정이 있는 마을로 들어섰을 때였어. 저만치서 돌아가셨다던 친정어머니가 웃으며 마실 가고 있는 게 아니겠어?

'나를 오게 헐라고 거짓말을 헌 것이 틀림없고만.'

며느리는 바로 발길을 돌려 강둑으로 향했어. 그런데 이미 해가 져서 뱃사공이 집으로 다 돌아간 바람에 강을 건널 수 없게 되었지. 할 수 없이 강둑에 우두커니 앉아 노을만 바라보다가 캄캄한 밤이 되었어. 그때 저만치서 뭔가 다가오고 있는 것이 보였어. 사람인가 하고 자세히 보니 집채만 한 호랑이야. 깜짝 놀란 며느리는 호랑이에게 잡아먹힐까 무서워서 사지가 바들바들 떨렸어.

"아이고 호랑아, 집에 앞 못 보는 시엄니 홀로 두고 왔는디 잘 계시는가 한 번만 보고 나서 나를 잡아먹으면 안 되겄냐?"

그 말을 들은 호랑이는 어슬렁어슬렁 다가오더니 며느리 앞에 앉았어. 그리고 꼬리로 등을 치며 업히라는 시늉을 하는 거야. 며느리가 등에 올라타자, 순식간에 강을 건너 집 마당에 도착했어.

"어무이, 지 왔어요."

"아이고 아가, 사흘만이 온다드니 어찌 벌써 왔냐?"

시어머니는 좋아서 어쩔 줄 몰라 했어. 잠시 후 며느리는 호랑이와 한 약속을 지키려고 마당으로 나갔어. 그런데 호랑이는 며느리를 잡아먹기는커녕 대문 밖에서 어슬렁거리며 집을 지키고 있는 거야. 그리고 새벽이 되자 산으로 올라갔어. 그 후로도 호랑이는 멧돼지도 잡아다 주고, 밤이면 내려와 집도 지켜 주었어. 호랑이도 며느리의 효심에 감동한 거지. _ 옥구군 개정면

6부

니 복 내 복 누구 복으로 사나

6-1. 점 한 번 보는 데 천 냥

서른이 넘도록 장가도 못 간 머슴이 있었어. 자신의 처지가 답답하던 머슴은 있는 돈을 몽땅 챙겨서 용하다는 점쟁이를 찾아갔어. 그런데 도착해 보니 문 앞에는 이렇게 써 있었어.

'점 한 번 보는 데 천 냥.'

'천 냥이면 사람 목숨 하나 값인디….'

머슴은 깜짝 놀랐지만 용하다는 소문을 믿고, 있는 돈 없는 돈에 빚까지 내 가며 점을 보기로 했어. 한참을 기다려 드디어 머슴 차례가 되었어. 점쟁이는 한동안 머슴을 쳐다보더니 종이에 뭔가를 써 주며 이렇게 말했어.

"살다가 나 죽겄다 싶은 때가 오면 이것을 펴 보시오. 아무리 궁금혀도 아무 때나 피면 안 된게 꼭 명심허고."

몇 달이 흐르고 정월이 되었어. 마을 전체에 이상한 소문이 돌기 시작했어. 옆 고을에 원님이 부임하기만 하면 하룻밤을 못 넘기고 죽어 나간다는 거야. 그래서 아무리 돈을 많이 준다고 해도 가려고 나서는 이가 없었어. 머슴도 그 소문을 듣게 되었어.

'드디어 점쟁이가 준 부적을 쓸 때가 된 거여.'

머슴은 옆 고을로 달려가 자기가 그 일을 해결해 보겠다고 말했어. 그리고 원님이 죽어 나간다는 방으로 들어갔어.

한밤중이 되자 갑자기 으스스한 바람이 불기 시작하더니 이상한 소리가 들려왔어. 방 안에서 불도 켜지 않고 앉아 있던 머슴은 정말 죽을지도 모른다는 생각이 들었어. 머리가 쭈뼛 서고 등골이 오싹해졌지. 그래서 얼른 점쟁이가 준 종이를 펼쳤어. 그 속에는 광대 가면 세 개가 들어 있었어. 머슴은 얼떨결에 하나는 얼굴에, 나머지는 되는 대로 양쪽 무릎에 척 걸쳤어. 그러자마자 방문이 스르륵 열리더니 한 무리의 귀신들이 들이닥쳤어. 머슴은 무서워서 이를 딱딱 부딪치며 무릎을 가슴에 붙이고 몸을 잔뜩 웅크렸지. 그러자 도리어 이 모습을 본 귀신들이 혼비백산해서 순식간에 달아나 버렸어. 잠시 후 다시 스산한 바람이 불더니 이번에는 아까보다 덩치가 크고 울퉁불퉁하게 생긴 귀신 하나가 들어서는 거야. 그러더니 머슴 앞에 무릎을 꿇고 절을 하는 게 아니겠어. 머슴은 정신을 가다듬고 귀신을 향해 호통을 쳤어.

"도대체 이 무신 해괴한 장난질이여?"

"나으리. 사실 지들은 이 방 밑에 금 항아리 세 개가 묻혀 있다고 알려 줄라고 온 것뿐이어요. 근디 다들 말도 꺼내기 전에 우리를 보고 놀래서 죽어 나자빠진게 어쩔 도리가 없었당게요. 이제 나으리께 다 말씀드렸응께 다시는 나타나지 않을 것이구먼요."

날이 밝자 머슴은 사람들을 시켜 방바닥 밑을 파 보도록 했어. 그랬더니 정말로 금 항아리 세 개가 나오는 거야. 머슴은 항아리 속에 든 금을 사람들에게 골고루 나눠 주고 나머지 하나는 자기가 가졌어. 천 냥짜리 점 덕분에 부자가 된 머슴은 빚도 갚고 장가도 가고 행복하게 잘 살았대. _ 정읍군 칠보면

6-2. 단지 속에 든 것은

나무하고 숯도 팔아서 근근이 먹고사는 숯장수가 있었어. 하루는 비가 부슬부슬 오는 날이었어.

"오늘은 비가 와서 일허러 가기는 다 틀렸구먼. 낚시라도 허러 가야겄다."

숯장수는 낚싯대를 둘러메고 집 근처 못으로 갔어. 잠시 후 낚싯대에 묵직한 것이 걸렸어. 숯장수는 낚싯줄을 조심스럽게 끌어 올렸지. 걸려 나온 것은 집채만 한 잉어였어. 숯장수는 꿈벅거리는 잉어의 눈을 보자 불쌍한 생각이 들었어.

"이렇게 큰 잉어는 첨 보는디? 암만 해도 보통 잉어는 아니여. 그냥 놔줘야겄다."

잉어는 숯장수가 놓아주자마자 꼬리를 치며 물속으로 들어갔어. 그런데 가다가 잠깐 다시 돌아와 숯장수에게 절을 하고 사라지는 거야.

며칠 지나고 숯장수는 또 낚시질을 하러 갔지. 낚싯대를 드리운 지 얼마 지나지 않아 물속에서 뭔가가 움직였어. 자세히 보니 지난번 살려 준 바로 그 잉어였어. 잉어는 꼬리를 치며 등에 타라는 시늉을 했어. 숯장수는 겁이 났지만 '에이 내가 죽을 목숨이면 죽고, 살 목숨이면 살겠지'라고 생각하며 잉어 등에 올라탔어. 잉어는 숯장수를 등에 태우고 물속으로 들어갔어. 그러자 물이 양쪽으로 쫙 갈라지더니 마르고 넓은 길이 나오는 거야.

"대체 여기는 워디여?"

"여기는 용궁이고 저는 용왕의 아들입니다. 제가 벌을 받아 못으로 쫓겨 나왔다가 그만 낚싯줄에 걸리고 말았지요. 그런데 다행히도 당신을 만나 목숨을 부지할 수 있었던 거예요. 부디 은혜를 갚고 싶으니 제가 하라는 대로 하십시오."

용왕 아들은 숯장수를 용왕이 있는 곳으로 데리고 갔어.

"만약 용왕께서 나를 살려 준 보답으로 선물을 준다고 하시면 금은보화 다 싫고, 선반 위에 놓인 열두 개의 반지 중에 제일 작은 것을 달라고 하세요."

아니나 다를까, 용왕은 숯장수에게 금은보화를 선물로 내놓았어. 하지만 숯장수는 용왕의 아들이 시킨 대로 모두 싫다고 했어. 그러자 용왕이 다시 물었어.

"그럼 도대체 네가 원하는 게 무엇이냐?"

"저그 선반 우에 있는 질로 작은 반지요."

용왕은 고민이 되었어. 사실 그 반지 속에는 자기가 가장 아끼는 것이 들어 있었거든. 한참을 고민하던 용왕은 하는 수 없이 단지 속에 반지를 넣어 주며 신신당부했어.

"이 단지는 절대 열지 말고 높은 곳에 두거라. 그리고 누구에게도 보여 줘서는 안 된다."

집으로 돌아온 숯장수는 단지를 높은 선반에 얹어 두었어.

그러던 어느 날, 숯을 굽고 집으로 돌아오니 방 안이 꽃향기로 가득 차 있고 방바닥에는 고운 비단이 놓여 있었어. 다음 날도 일하고 돌아와 보니, 이번에는 고기와 술이 차려져 있고, 그 다음 날은 보석함이 놓여 있었어. 이상하게 생각한 숯장수는 일을 나가는 척하고 몰래 숨어 지켜보았어. 그랬더니 용왕이 준 단지에서 검은 머리를 길게 늘어뜨린 어여쁜 색시가 나오더니 한참이나 춤을 추는 거야. 숯장수는 색시가 단지 속으로 다시 들어가려던 순간, 긴 머리채를 꽉 붙잡았어. 단지 속에 든 반지는 바로 용왕의 딸이었지. 숯장수는 용왕의 딸과 혼인해서 자식 낳고 살림도 잘 일구며 살았어. _ 전주시 동완산동

6-3. 염라대왕이 빌려준 삼십 년

어려서 부모를 여의고 혼자 사는 불쌍한 총각이 있었어. 비록 가난했지만 착하고 부지런했지. 그런데 열아홉 살이 되던 해 아무 이유 없이 갑작스럽게 세상을 떠나게 되었어. 저승에 당도한 총각은 염라대왕에게 이렇게 말했어.

"염라대왕님, 제가 어려서 부모 잃고 힘들게 살었지만 죄 한 번 안 짓고 열심히 살았어요. 근디 이렇게 허망하게 죽다니 이보다 더 억울한 일이 어디 있대요?"

총각은 염라대왕 앞에서 대성통곡을 했어. 염라대왕이 총각에게 물었어.

"몇 살이더냐?"

"인자 막 열아홉됐당께요."

"너의 타고난 명은 이것뿐이다. 하지만 이야기를 들어 보니 사정이 참 딱하구나. 내 특별히 네 명을 바꿔 줄 것이니 다시 세상에 나가 살아 보거라."

염라대왕은 망자들의 명부를 관리하는 서기를 불렀어. 그리고 총각의 명을 19에서 91로 바꾸어 주도록 명했어.

"너에게 앞으로 30년 동안 남의 복을 임시로 빌려줄 터이니 세상에 나가거든 그것으로 먹고살아라. 하지만 30년이 지나면 더 이상 욕심내지 말고 분수대로 살어야 하느니라."

"은혜가 망극하옵니다. 근디 누구 복을 빌려주신대요?"

"30년 후에 장거재라는 사람이 태어날 것인데 천석꾼이 될 사람이다. 너에게 그 사람 복을 빌려주는 것이니라."

남의 복을 빌려 다시 살아난 총각은 장가도 가고 부지런히 노력해서 부자가 되었어. 그렇게 시간이 흘러 어느덧 30년이 되었어. 그동안 별 탈 없이 잘 살았던 부자는 이제 염라대왕과 한 약속을 지켜야만 했어. 덤으로 얻은 복에 더 이상 욕심을 내어서는 안 된다고 생각했지. 그는 모든 재산을 정리한 후 세상 구경을 떠났어.

팔도강산을 돌아다니던 부자는 어느 마을에 머물게 되었어. 바람도 쐴 겸 동네를 한 바퀴 둘러보다가 거지들이 모여 있는 곳을 지나게 되었지. 가까이 다가가 보니 수레 위에서 여인이 막 아기를 낳으려 하고 있었어. 잠시 후 아기가 태어나자 사람들은 서로 이름을 지어 주겠다고 난리였어. 그때 누군가가 말했어.

"수레 위서 낳았은게 수레 거車 자, 실을 재裁 자, 성이 장씨니 장거재라고 하면 어뗘?"

'장거재'라는 이름을 듣자 부자는 생각했어.

'어디서 많이 들어 보던 이름인디… 아! 맞다, 염라대왕이 나에게 복을 빌려준 사람이 장거재라는 이름을 가지고 태어난다고 혔지?'

부자는 아기 부모를 만나 자기가 빌려 쓴 복 이야기를 들려주었어.

"그동안 당신 아들 복을 빌려 편히 살았응게 내 전 재산을 다 드리겠소. 이 돈으로 애기 잘 키워 주시오. 앞으로 천석꾼이 될 인물이오."

아기 부모는 기뻐하며 그 돈으로 아들을 잘 키웠어. 아들은 부자의 말대로 천석꾼이 되었고, 부자를 평생 부모처럼 모시며 살았다네. 물론 부자도 욕심 부리지 않은 덕분에 아흔한 살까지 잘 살았지. _ 부안군 보안면

6-4. 한강 다리에서 만난 그 사람

가난하지만 마음씨 착한 부부가 살았어. 여름에는 남의 밭을 매주고, 겨울에는 베를 짜서 먹고살았지. 어느 날 아내가 밭을 매는데 호미에 이상한 돌덩이 하나가 걸렸어. 그런데 호미 끝이 돌덩이에 딱 달라붙어 떨어지질 않는 거야. 이상하게 생각한 부인은 그 돌을 치마에 싸서 집으로 가지고 와 남편에게 보여 주었어. 남편은 깜짝 놀랐어.

"아이고, 이건 생금덩어리 아녀? 임자 이제 우리 고생 끝났네."

며칠 후 남편은 서울로 금덩어리를 팔러 갔어. 그런데 한강다리를 건너갈 때쯤 한 남자와 여자가 싸우고 있는 것을 보게 되었지. 남편은 이상하다고 생각했지만 금덩어리를 빨리 팔 생각에 지나쳐 갔지. 남편이 백 냥에 금덩어리를 팔아 기분 좋게 집으로 돌아가던 길이었어. 한강 다리에 이르렀을 때 아까 봤던 여자와 남자가 아직도 싸우고 있는 거야.

"아침 장이 갈 때도 둘이 싸우고 있던디 뭣 때미 여태까지 싸우고 있소?"

여자가 말했어.

"이 사람이 내 남편인데 일하다 잘못돼서 백 냥을 빚지게 됐지 뭐여요. 당장 갚지 않으면 목이 달아날 판이예요. 남편은 죽으면 빚을 갚지 않아도 된다고 저렇게 한강 물에 뛰어들려고 하고 나는 그것을 말리느라 실랑이를 하고 있는 거예요."

"자식은 몇이나 되오?"

"아들딸 오남매요."

그는 금덩어리 판 백 냥을 선뜻 내주며 말했어.

"이것 갖고 어서 가서 빚 갚으시오."

집으로 돌아간 남편이 부인에게 이 이야기를 들려주었어. 그러자 부인이 말했어.

"영감, 어찌 그리 잘하셨소. 우리사 그 돈 없시도 시방까지 잘 살았지만 일곱 식구를 살렸으니 얼매나 좋은 일이여?"

몇 해가 지나고 비가 오던 어느 날이었어. 한 과객이 잠시 머물기를 청했지.

"집은 누추허지만 편허게 있다 가셔요."

부부는 없는 살림이었지만 과객을 정성껏 대접했어. 비가 그치자 길을 나설 채비를 하던 과객이 말했어.

"이렇게 극진히 대접해 주셨으니 그 보답으로 부모님의 묏자리나 봐 드리겠소."

그러고는 한곳을 일러 주며 말했어.

"이곳에 뫼를 쓰면 밥은 먹고살 것이요."

과객이 알려 준 곳은 큰 부잣집의 대밭이었어. 부부는 걱정이었지.

"어떻게 우리 같은 형편에 부잣집 땅에 아버님을 뫼실 수 있겄는가."

"그리도 어떤 곳인가 귀경이라도 한번 가 봐요."

부부가 도착해 보니 대밭 가운데 사당이 하나 있었어. 안에서는 부자 내외가 절을 하며 무언가를 빌고 있었어.

"비나이다 비나이다, 한강에서 돈 백 냥을 준 그 양반 좀 만나게 해주시길 비나이다."

자세히 보니 그들은 바로 몇 해 전 한강 다리에서 돈 백 냥을 내준 그 부부였어. 그리고 그들이 찾는 사람이 바로 자기라는 것도 알 수 있었어. 돈 백 냥으로 빚을 갚은 그들은 열심히 일하여 부자가 되었지. 그 후로 돈을 주고 간 은인을 사방으로 수소문했지만 찾을 수 없었어. 부자 내외는 부부를 만나게 되자 너무나 기뻐서 어쩔 줄 몰라 하며 말했어.

"아이고, 우리가 얼마나 찾았는지 아세요? 사방팔방으로 수소문을 해도 찾을 수 없더니 여기서 이렇게 만나는구려."

부자 내외는 착한 부부에게 재산의 반을 선뜻 내주었어. 그리고 평생을 서로 의지하며 의좋게 살았대. _ 남원군 금지면

6-5. 내 복에 산다

아들 삼형제를 둔 아버지가 있었어. 아버지는 삼형제가 나란히 서당 다녀오는 모습을 보니 흐뭇했어. 어느 날, 아버지는 아들 셋을 불러서 물었어.

"내가 느들[너희들] 서당 댕겨오는 모습을 본게 맴이 이렇게 좋을 수가 없다. 느그들은 이게 다 누구 덕이라고 생각허냐?"

그러자 큰아들이 대답했어.

"그거야 당연히 아버님 덕이지요."

둘째아들 역시 형의 말이 끝나기 무섭게 말했어.

"저도 이것이 다 아버님 덕이라고 생각혀요."

두 아들의 말에 기분이 좋아진 아버지는 막내아들에게도 마저 물었어.

"막둥이 너는 누구 덕에 공부헐 수 있다고 생각허냐?"

그러자 막내가 대답했어.

"누구 덕이 어디 있대요? 다 지 복이지요."

아버지는 괘씸하고 화가 나서 막내를 집에서 쫓아내 버렸어.

봇짐 하나 들고 쫓겨난 막내아들은 한참을 걷다가 어느 마을에 이르렀어. 그리고 마을 우물가에서 소복 입은 여인을 만났지.

"목 말라서 그런디 물 한 바가지 주시겠소?"

그러자 물 길던 여인은 물을 건네며 말했어.

"곱게 생긴 도련님이 보따리 하나 지고 어딜 간데요?"

"아버지께서 뉘 덕에 사냐고 묻길래 내 복으로 산다고 했다가 쫓겨났소. 그리서 시방 내가 누구 덕으로 사는가 옥황상제한티 물어보러 가는 길이요."

"그럼 옥황상제를 만나거든 내 부탁도 하나 들어줄라요?"

"뭔디요?"

"언제쯤이나 하늘 같은 남편을 만나서 부부 인연을 맺을랑가 물어봐 주시오."

여인에게 그러겠다고 약속하고 헤어진 막내는 다시 길을 떠났어.

한참을 가다 바둑을 두고 있는 두 노인을 만났지. 막내의 사정을 들은 노인들이 말했어.

"옥황상제를 만나거든 우리가 신선 될 때가 한참이나 지났는디 어째서 아직도 이러고 있는가 물어봐 줄랑가?"

역시나 막내아들은 그러겠다고 약속을 했어.

또다시 한참을 가다가 큰 강 앞에 이르렀어. 강을 건널 배가 없어 이리저리 기웃거리고 있을 때, 물속에서 이무기 한 마리가 머리를 쑥 내밀고 나타났어.

"총각, 어디 갈라고 그려?"

"이 강을 건너 옥황상제에게 궁금한 것을 물으러 가는 길이오."

"그럼 내가 강을 건네 줄 텐게 내 소원을 들어줄라요?"

"뭣인디요?"

"옥황상제를 만나거든 내가 언제쯤이나 용이 될랑가 물어봐 주소."

막내아들이 그러마고 약속하자 이무기는 그를 등에 태우고 순식간에 강을 건네 주었어. 그렇게 강을 건넌 막내아들은 방죽 위에서 휘지 않는 낚싯대로 고기를 잡는 총각을 만났어.

"이보시오, 이렇게 곧은 낚싯대를 갖고 무신 고기를 잡는다고 앉어 있소?"

"평생을 이러고 있었어도 나에게 물어보는 사람은 당신이 처음이오. 내가 곧은 낚싯대로 고기 한 마리 낚는 것이 소원인디, 옥황상제헌티 어떻게 히야 하는가 좀 물어봐 주시겄소?"

막내아들은 그러마 하고 또다시 길을 떠났어.

한참을 가다 날이 저물자 산속 초가에서 하룻밤을 묵게 되었어. 그곳에는 노파가 혼자 살고 있었어. 막내아들은 노파에게 그간의 일들을 소상히 말해 주었지. 그러자 노파가 말했어.

"내가 답을 알려 줄랑게 자네는 시키는 대로만 혀. 오던 길을 되짚어 가다가 방죽 위 낚시질하는 총각 만나면 두말 말고 따귀를 때려. 그럼 동삼 한 뿌리가 나자빠질 것이여."

"강 건네 준 이무기한티는 뭐라고 헌대요?"

"이무기한티는 여의주 하나만 가지고 있었으면 벌써 용이 되었을 턴디, 두 개씩이나 가지고 있응께 여즉 용이 못 되는 거라고 허고 하나는 너한티 주라고 혀."

"그럼 바둑 두던 노인들한티는 뭐라고 답을 준대요?"

"금 방석을 세 개나 깔고 있어서 그런 것인게 한 개만 깔고 나머지 두 개는 빼서 주면 당장이라도 신선이 될 거라고 말혀."

"그럼 처음 만난 색시는요?"

"색시한테는 뭐라고 하는고 허니 동삼 한 뿌리, 여의주 하나, 금 방석 두 개 깔고 앉어 있는 남편을 얻으면 평생 사랑받고 잘 산다고 혀."

다음 날 길을 떠난 막내아들은 노파가 시키는 대로 했어. 그리고 날이 저물어 마지막으로 소복 입은 여인을 만난 동네에 이르렀어. 알고 보니 여인은 그 동네에서 제일 돈 많은 청상과부였어. 막내아들은 과부에게도 노파가 시킨 대로 말했어. 여인은 어디서 그런 남자를 만날 수 있단 말인가 하며 근심에 싸였어. 그러다가 잠이 든 총각의 짐 보따리를 몰래 풀어 보았어. 그런데 보따리 속에는 동삼 한 뿌리와 여의주 한 개, 금 방석 두 개가 들어 있는 게 아니겠어? 다음 날 여인은 막내아들에게 말했어.

"당신이 바로 내 천상배필이오."

여인과 혼인한 막내아들은 큰 부자가 되었지. 몇 년이 흐른 뒤 부모 형제 소식이 궁금하여 알아보니 집안이 폭삭 망해서 움막을 짓고 산다는 소식이 들려왔어. 막내아들은 부모 형제 모셔다가 효도하고 우애하며 잘 살았대._ 완주군 운주면

6-6. 이러면 안 되는 줄 알지만

글만 읽을 줄 알았지 먹고사는 것에는 영 관심이 없는 선비가 있었어. 선비의 아내는 남편 대신 이 일 저 일 가리지 않고 살림을 꾸려 갔지만 가난한 살림에서 벗어나기 힘들었지. 다행히 동네에 바느질 솜씨가 소문이 나서 몇 해를 그럭저럭 먹고살았어. 하지만 점점 바느질거리가 줄어들어 굶어 죽을 지경에 이르렀어. 선비의 아내가 참다 못해 말했어.

"당신도 글만 읽을 것이 아니라 돈 벌 궁리를 좀 히야 할 것 아니겄소? 이대로 앉아서 굶어 죽을 작정이여?"

하지만 세상 물정 하나 모르던 선비는 아무리 돈 벌 궁리를 해봐도 별 도리가 없었지.

어느 날 휘영청 달 밝은 밤이었어. 잠을 이루지 못하던 선비는 자리에서 벌떡 일어나더니 낫 한 자루를 챙겨 어디론가 가기 시작했어. 그렇게 한참을 가다 동네 언저리에 있는 논 한가운데 멈춰 섰어. 논에는 밝은 달빛에 익은 벼가 황금빛으로 빛나고 있었어. 선비는 아무도 없는 논 한가운데에 서서 하늘에 대고 말하기 시작했어.

"식구라고는 겨우 둘뿐인디 사는 것이 어려워서 굶어 죽을 판이요. 넘의 논이서 이러믄 안 되는 줄 알지만 나락 쫌만 비어 가면 안 될란가요?"

누가 듣고 있기라도 하듯 말을 하던 선비는 잠시 생각에 잠기더니 또다시 허공에 대고 소리쳤어.

"이놈! 그것이 사람의 도리로서 할 짓이냐. 절대 안 될 일이여."

그때 이 광경을 모두 지켜보던 한 사람이 있었어. 바로 그 논 주인이었어. 그이는 동네에서 제일 가는 부자였지. 한창 추수철이라 나락 도둑이 들까 걱정되어 나왔다가 이 광경을 보게 된 거지. 논 주인이 아무리 주위를 둘러봐도 선비 말고 다른 사람은 없었어. 말을 끝낸 선비는 다시 낫을 챙겨 들고 집으로 돌아가더래. 부자는 선비의 행동이 하도 기이하여 몰래 뒤를 따라갔어. 선비가 들어간 집은 다 쓰러져 가는 오두막집이었어.

'시상에, 저렇게 형편이 어려운디 나락은 손도 안 대고 그냥 가다니 참말로 곧은 선비로구먼.'

그 후로 부자는 선비를 보살펴 주면서 생계가 넉넉히 펴지도록 도와주었어. _ 전주시 완산동

6-7. 두꺼비로 맺은 연분

어느 마을에 최부자가 살았어. 그 집에는 무남독녀 딸이 있었는데, 언제부터인지 시름시름 앓기 시작했어. 돈 많은 부잣집이라 용하다는 의원과 침쟁이들을 불러와서 진맥도 해보고 약도 써봤지만 아무 소용이 없었어. 최부자는 걱정이 이만저만이 아니었지.

그러던 어느 날, 거지 하나가 구걸을 하러 왔다가 이 이야기를 듣게 되었어. 거지는 최부자에게 찾아가서 말했어.

"제가 따님 병을 고칠 수도 있을 것 같은디요."

"그게 정말이냐?"

"예. 근디 따님 계신 방을 한번 볼 수 있을랑가요?"

최부자는 거지가 영 탐탁지 않았지만 병을 고칠 수 있다는 말에 마지못해 거지를 딸 방에 들여보냈어. 한참이 지난 후 방에서 나온 거지는 최부자에게 이렇게 말했어.

"당장 가서 두꺼비 큰 놈으로 대여섯 마리만 잡아오시야겄어요."

최부자는 머슴들을 시켜 잡아 온 두꺼비들을 거지에게 가져갔어. 그러자 거지는 망태에 넣어 방으로 들어가더니 딸의 머리맡과 옆구리, 그리고 발치에 두꺼비를 나누어 놓고 나왔어.

한 두어 시간쯤 흘렀을까. 거지가 방문을 열었어. 그러자 방에 있던 두꺼비들이 모두 천장을 향해 고개를 쳐들고 있는 게 아니겠어? 잠시 후 두꺼비들은 배가 점점 불룩해졌어. 그리고 주둥이에서 새파란 김이 뿜어져 나오기 시작하더니 천장으로 올라가 대들보를 휘감았어. 거지는 얼른 방문을 다시 닫았어. 그리고 다시 두어 시간이 지나 방문을 열었을 때, 방 안의 두꺼비들은 모두 죽어 있었어.

거지는 최부자에게 지붕 대들보를 뜯어 보게 했어. 대들보 속에는 집채만 한 지네가 딱 엎어져 죽어 있었어.

"이제 당신 따님 살었소."

최부자 딸은 점차 원기를 회복했지. 며칠 후 거지가 떠나려고 하자 최부자가 말했어.

"자네가 우리 딸을 살렸네그려. 시상으 이런 인연이 또 어디 있겄는가? 아무리 생각히 봐도 자네허고 내 딸은 천생연분이여.

떠나지 말고 내 딸과 혼인하면 어떻겄나?"

거지는 최부자네 딸과 혼인해서 아들딸 낳고 잘 먹고 잘 살았대. _ 정읍군 칠보면

6-8. 반쪽이 신랑

어느 부잣집에서 주인과 머슴이 한날한시에 똑같이 아들을 낳았어. 그런데 주인의 아들은 코도 한쪽, 눈도 한쪽, 사지도 한쪽인 반쪽이었고, 머슴 아들은 사지도 멀쩡하고 인물도 아주 훤했어. 주인은 아들이 반쪽이라는 사실을 아무에게도 말하지 않았어. 그래서 집 밖을 나가 본 적이 없는 반쪽이에게는 머슴 아들이 유일한 친구였지.

세월이 흘러 장성한 둘은 혼인할 나이가 되었어. 하지만 주인댁에서는 걱정이 이만저만이 아니었어. 누가 반쪽이에게 딸을 시집보내려고 하겠어? 그때 마침 다른 마을 부잣집에서 혼사가 들어왔어. 고심하던 주인은 머슴의 자식을 아들이라고 속이고 자기 아들 대신 선 자리에 내보냈어. 처녀네 집에서는 인물 훤한 머슴 아들이 단번에 마음에 들었어. 양쪽 집안은 당장 혼례를 올리기로 했지.

마침내 혼례식 날, 머슴 아들은 반쪽이 도령 대신 신랑 노릇을 하며 혼례식을 치렀어. 밤이 되자 머슴 아들은 품 안에 몰래 반쪽이 도령을 넣고 신방에 들어갔어. 그리고 새색시가 곤히 잠이 들기를 기다렸다가 반쪽이 도령을 꺼내 새색시 옆에 뉘여 놓고 방을 나왔어. 그리고 마당 한가운데 있는 고목으로 올라가서 큰 소리로 외치기 시작했어.

"야, 이놈들아. 느그들이 이렇게 부자로 잘사는 것이 다 누구 덕인 줄 알어? 다 내가 보살펴 준 덕분이여. 근디 그것도 모르고 나한티는 술 한 잔도 안 내놓응게 내가 너무나 괘씸혀서 새신랑 반쪽을 가져간게 그런 줄 알거라!"

머슴 아들은 이렇게 세 번 외치고 얼른 나무에서 내려왔어. 한밤중 괴이한 소리에 자다 깬 동네 사람들은 무슨 일인가 하고 모두 신부 집으로 몰려왔어. 그리고 신방에 가서 불을 켜 보니 정말로 반쪽이 신랑이 누워 있는 거야. 각시도 사람들도 모두 고목나무가 노해서 신랑의 반쪽을 가져가 버린 거라고 믿었지. 각시는 반쪽 신랑이라도 소중하게 생각하며 정성을 다해 섬기고 잘 살았대. 물론 머슴 아들도 다른 곳으로 장가가서 잘 살았다지. _ 전주시 동완산동

6-9. 새끼 세 발

일찍이 남편을 잃고 혼자서 어렵게 아들을 키우며 살아가는 어머니가 있었어. 어머니는 남의 집 일을 해주며 근근이 살았지만 아들 하나만은 지극정성으로 키웠어. 그런데 어찌 된 일인지 아들은 열일곱 살이 되도록 일할 생각은 하지도 않고 빈둥빈둥 놀기만 했어. 하루는 보다 못한 어머니가 말했어.

"야, 이놈으 자슥아. 니 나이 되면 다른 집 자슥들은 다들 나와서 일허고 부모 봉양헌다는디, 너는 어찌서 놀기만 헌다냐. 허다 못티 사내끼새끼줄라도 꼬아라."

어머니는 짚 한 다발을 아들에게 던져 주고 일을 나갔어. 그런데 저녁에 돌아와 보니 아들이 하루 종일 꼰 새끼줄이 겨우 세 발밖에 되지 않더래. 화가 난 어머니는 더 이상 참을 수가 없어서 아들을 쫓아내 버렸어.

새끼 세 발만 들고 집에서 쫓겨난 아들은 한참을 걷다가 한 옹기장수를 만나게 되었지. 그는 옹기 묶는 새끼줄이 끊어져서 쩔쩔매고 있었어. 마침 아들이 가지고 있는 새끼를 보더니 옹기 하나와 바꾸자고 했어. 아들은 새끼 세 발을 주고 옹기 하나를 얻었지. 옹기를 이고 한참을 가는데 물동이를 깨고 우는 부잣집 여종을 만났어. 여종은 아들이 지고 있는 옹기를 쌀 한 말과 바꾸자고 했어. 그렇게 쌀을 얻은 아들은 얼마 안 가 죽은 말을 묻으려 하는 사람을 만났어. 그것을 보자 아들은 좋은 생각이 떠올랐어. 그러고는 쌀과 죽은 말을 바꾸었지. 날이 어두워지자 아들은 마구간이 있는 주막에 들어가 말했어.

"주인, 내가 여그서 하룻밤 묵을란디 내 말 좀 마구간에 매야겄어요."

주인은 보지도 않고 그러라고 했어. 아들은 죽은 말을 주인의 말 옆에 몰래 갖다 놓고는 주인에게 당부하는 척 말했어.

"이보시오, 내 말 놀라지 않게 이 집 말 좀 단단히 매어 두시오."

다음 날 아침 마구간으로 간 아들은 죽어 있는 말을 보며 소리를 지르고 난리를 쳤어.

"내가 그렇게 단단허게 매 두라고 일렀는디 내 말이 당신 말한티 치여서 죽은 거여. 아이고, 이를 어쩐디야."

주막집 주인은 할 수 없이 죽은 말 대신 자신의 말을 내주었대. 아들은 그 말을 타고 다시 길을 떠났어. 한참을 가다가 곱게 생긴 처녀를 묻으러 가는 사람을 만났어. 아들은 말과 죽은 처녀를 바꿨지. 그리고 죽은 처녀를 산 사람처럼 꾸며 업고는 부잣집에 가서 동생이 아프니 하룻밤 묵어갈 것을 청했어. 주인은 동생을 주인집 딸 방에 같이 재우라고 했지. 아침에 되자 부잣집 딸 방에서 또 난리가 났어. 곁에서 자던 여인이 죽어 있었으니 말이야. 아들은 여동생을 살려 내라고 억지를 부렸어. 그러자 부잣집에서는 사람 죽인 집이라고 소문이 날까 무서워 죽은 여동생 대신 딸을 내주고 말았지. 아들은 부잣집 딸을 데리고 집을 나섰어.

한참을 가다 정자나무 아래에서 쉬고 있을 때였어. 마침 새로 부임한 사또가 그 옆을 지나게 되었어. 사또는 부잣집 딸을 보자 탐이 났어. 그래서 어떻게 빼앗을까 궁리를 했어. 그 모습을 지켜보던 아들은 사또의 속내를 눈치채고 말했어.

"사또, 나랑 수수께끼 하나 할라요?"

"무신 수수께끼인디?"

"만약 당신이 맞히믄 우리 각시 주고, 못 맞히면 나한티 돈 천 냥을 주기. 어쩌요?"

사또는 각시를 차지하고 싶은 마음에 얼른 아들의 제안을 받아들였어.

"그려, 좋네. 어서 문제나 내 보시오."

"잘 들어 보시오. 사내끼 서 발이 옹기가 되고, 옹기 하나가 쌀 한 말이 되고, 쌀 한 말이 죽은 말이 되고, 죽은 말이 산 말이 되고, 산 말이 죽은 큰 애기가 되고, 죽은 큰 애기가 산 큰 애기가 되는 것은 뭣이오?"

사또는 아무리 생각해도 처음 듣는 말이라 답을 알 수가 없었지. 결국 사또는 아들에게 천 냥을 빼앗기고 말았어. 아들은 돈 천 냥과 예쁜 각시를 데리고 집으로 돌아갔대. _ 군산시

7부

너는 그것이 사람으로 보이더냐

7-1. 여우누이

어느 고을에 아들만 셋을 둔 사람이 살았어. 그는 딸을 갖고 싶은 마음이 간절했지. 밤낮으로 삼신할미께 치성을 드렸어. 그러자 신기하게도 열 달 후 늦둥이 딸을 낳게 되었지. 게다가 딸은 자라면서 어찌나 예쁘던지 주위에 소문이 자자했어. 그런데 몇 년이 흐르고 집 안에 이상한 일이 생기기 시작했어. 저녁까지 말짱하던 소가 아침에 외양간에서 거꾸러져 죽어 있더니 며칠 뒤에는 마구간의 말이 또 죽어 있는 거야. 하지만 도대체 누구 짓인지 알 수가 없었어. 이상하게 여긴 아들 셋은 몰래 숨어서 지켜보기로 했어.

드디어 밤이 되었어. 사방은 조용하고 아무 기척도 없었어. 그런데 바로 그때, 방문이 슬그머니 열리더니 여동생이 까치발로 살금살금 나오는 거야.

'밤도 야심헌디 쟈는 안 자고 왜 나온다냐?'

아들들은 여동생의 행동이 이상했지만 일단 지켜보기로 했어. 마당으로 내려선 여동생은 주변을 한번 쓰으윽 하고 살폈어. 그러고는 팔딱팔딱 재주를 세 번 넘더니 아 글쎄 여우로 둔갑을 하는 게 아니겠어? 여우는 곧장 마구간으로 가더니 말 똥구멍으로 손을 쑥 넣어서 창자를 꺼냈어. 그러고는 피를 뚝뚝 흘리며 정신없이 먹는 거야. 창자를 다 먹은 여우는 피 묻은 입을 쓱 닦더니 다시 재주를 팔딱팔딱 세 번 넘었어. 그러자 여우는 다시 예쁜 여동생으로 변하더니 방으로 들어갔어. 이 광경을 지켜본 아들들은 너무 놀라 입이 다물어지지 않았어. 눈앞에서 벌어진 일들을 도저히 믿을 수 없었지만, 아무에게도 말하지 않고 좀 더 지켜보기로 했지. 며칠이 지나자 여동생은 또다시 재주를 넘더니 여우로 둔갑했어. 그리고 이번에는 외양간으로 가 소 창자를 꺼내 먹었어.

날이 밝자마자 아들들은 이제까지 본 모든 사실을 아버지께 말했어. 하지만 아버지는 불같이 화를 냈어.

"야 이놈들아, 무신 말도 안 되는 소리여? 내가 그렇게 우애허고 살어야 한다고 입이 닳도록 말혔는디 시방 여동생 하나 있는 것을 어찌서 그렇게 시샘하는거여?"

아들들이 아무리 설명해도 아버지는 믿지 않았어. 오히려 아들 셋을 모두 내쫓아 버렸지. 하지만 얼마 지나지 않아 아버지는 아들들의 말이 거짓이 아니었다는 것을 알게 되었어. 결국 아버지와 어머니는 물론이고 동네 사람들까지 여우에게 다 잡아먹히고 말았어. 아버지가 그토록 금쪽같이 사랑하던 딸은 바로 천 년 묵은 여우였거든.

아들들은 그 소식을 듣고 여우누이를 잡아 부모님의 원수를 갚기로 했어. 하지만 집이 점점 가까워지자 여우누이를 만나는 것이 너무 두렵고 무서웠어. 아들들이 집이 내려다보이는 산 중턱에서 머뭇거리고 있을 때 어디선가 하얀 옷을 입은 노인이 홀연히 나타났어.

"자네들은 무슨 걱정거리가 있어서 그렇게 얼굴에 수심이 가득헌 것이여?"

아들들은 노인에게 여우누이에 대한 모든 이야기를 말해 주었어. 자초지종을 들은 노인은 그들에게 파란 병 하나, 빨간 병 하나를 주며 말했어.

"목숨이 위급할 때 하나씩 쓰도록 혀."

아들들이 집에 도착하자 여우누이는 맨발로 뛰어나오며 반갑게 맞아 주었어.

"아이고 오라버니들, 어디 갔다 이제사 오셨소? 지가 을매나 찾았는지 아셔요?"

이렇게 말하며 눈물을 뚝뚝 흘렸어. 그러자 큰아들이 모르는 척 시치미를 떼고 말했어.

"왜 그러냐? 그새 집안에 뭔 일 있었어?"

"어무이, 아부지가 다 돌아가셨단 말이여."

"아이고, 시상에 이게 뭔 날벼락 같은 소리여? 우리는 그런지도 모르고…."

아들들은 마당에 주저앉아 통곡을 했어. 한참 후 큰아들이 말했어.

"그동안 혼자서 을매나 무서웠냐이? 인자 우리가 왔응게 걱정허지 말어."

그때 둘째아들이 머뭇거리며 말했어.

"근디 우리가 매칠 동안이나 지대로 먹도 못허고 먼 길을 걸어왔드니 배가 등가죽으 딱 붙었다. 밥 좀 해줄 수 있겄냐?"

"안 되어. 밥 하러 갔는디 또 오빠들이 읎서져 번지면 어쩌요?"

"걱정허지 마러. 진짜로 어디 안 가고 여그 꼭 있을랑게."

그래도 여우누이가 믿지 않자 셋째아들이 다시 말했어.

"야가 속고만 살었는가 뭐가 걱정된다냐 참말로. 그렇게 못 믿겄으면 노끈 한짝은 내 상투에다 묶고 한짝은 니 허리에다 짬매고잡아매고 밥허면 되지."

그제서야 여우누이는 상투에 맨 노끈을 허리에 묶은 다음 부엌으로 나갔어.

아들들은 여우누이가 나가자 노끈을 방문에 걸어 놓고 도망쳤어. 뒤늦게서야 자기가 속은 것을 안 여우누이는 분이 나서 쫓아오기 시작했어. 그런데 여우가 어찌나 빠르게 쫓아오던지 어느새 뒤꽁무니까지 따라붙는 거야. 큰아들은 얼른 노인이 준 파란 병을 던졌어. 그랬더니 여우 앞에 큰 바다가 나타났어. 하지만 여우누이는 물을 건너 순식간에 쫓아왔어. 이번에는 둘째 아들이 빨간 병을 꺼내 여우에게 던졌어. 그러자 큰 불이 일어나더니 여우를 홀랑 태워 버렸지. 이렇게 세 아들은 간신히 목숨을 구하고 부모님의 원수도 갚게 되었어._ 정읍군 북면

7-2. 떡 먹고 나무로 변한 사람

친한 친구 둘이서 팔도강산 유람을 떠났어. 하루는 산을 넘다가 날이 저물고 말았지. 하룻밤 묵을 곳을 찾아 헤매다가 멀리서 불빛이 반짝이는 것을 발견했어. 두 사람이 불빛을 따라가 보니 낡고 허름한 집에 노파 혼자서 살고 있었어. 끼니도 걸러 배가 고픈 두 사람은 노파에게 말했어.

"인제까지 밥도 못 먹고 하루 죙일 산길을 걸었드만 배고파 죽것네요. 먹다 남은 밥이라도 쫌만 주시면 좋겄는디…."

"어쩐디야. 밥은 다 먹었는디… 맨들어 논 떡은 쪼깨 있는디 그거라도 먹을랑가?"

두 친구는 기뻐하며 고맙다고 말했어.

두 사람이 노파가 가져다 준 떡을 먹으려고 할 때였어. 한 친구가 갑자기 오줌이 마려워 참을 수가 없었어.

"야야, 오줌 매려 죽겄다. 내가 후딱 칙간화장실 갔다 올텡게 쪼만 참고 있어라잉?"

친구는 급하게 밖으로 나갔어. 하지만 방 안에 남은 친구는 너무 배가 고팠지.

'아따, 배고파 환장허겄고만 쟈는 왜 하필 시방 오줌이 매랍디야? 여그 떡 구탱이 쪼깨만 먹으면 표시 안 나겄지?'

친구는 떡을 조금 떼어 먹었어. 하지만 한 번 먹기 시작하니 한 입이 두 입 되고, 두 입이 세 입 되어 버려 멈출 수가 없었어. 결국 친구는 떡을 다 먹어 버리고 말았어. 그런데 잠시 후 이상한 일이 일어났어. 떡을 먹은 친구가 그만 큰 나무토막으로 변해 버린 거야.

볼일을 마치고 돌아온 친구는 깜짝 놀랐어. 방 안에 사람은 온데간데없고 나무토막만 덩그러니 놓여 있는 거야. 한참이 지나도 친구가 돌아오지 않자 이상하게 생각한 그는 밖으로 나가 날이 새기를 기다리며 집 안을 여기저기 살폈어. 새벽이 되자 노파가 자기들이 묵던 방을 기웃거리더니 방에 들어가 나무토막을 지고 나왔어. 그리고 어디론가 가기 시작했어. 홀로 남은 친구는 노파 뒤를 따라갔지. 한참 뒤 노파가 나무토막을 지고 도착한 곳은 장터였어. 순식간에 나무를 팔아 버린 노파는 돈 꾸러미를 가지고 어디론가 사라져 버렸어. 친구는 나무로 변해 버린 친구를 저버릴 수 없어 나무를 산 사람을 따라갔어. 그는 한참을 가다가 힘이 드는지 무밭 근처에 나무를 내려놓고 쉬려고 했어. 그러다 나무토막이 무밭으로 쓰러지면서 잎사귀에 닿은 순간, 나무토막이 친구로 변하는 게 아니겠어? 두 친구는 반가워서 서로 부둥켜안고 기뻐했어.

몇 달 후 두 사람은 노파에게 복수하기 위해 다시 그 집을 찾아갔어. 다행히 노파는 두 사람을 몰라보고 이번에도 역시 떡을 주며 먹으라고 했지. 그리고 그 다음 날 아침이 되자 노파는 지난번처럼 방문을 열었어. 그러나 방 안에는 나무로 변하지 않은 두 사람이 눈을 동그랗게 뜨고 있었어. 이상하게 생각한 노파는 혹시 떡이 잘못되었나 자기가 맛을 보다가 그만 나무가 되고 말았대. 두 사람은 나무로 변한 노파를 얼른 장에 가져다 팔아 버렸다는군. _ 전주시 노송동

7-3. 아내의 수상한 밤 외출

어느 마을에 혼인한 지 얼마 되지 않은 젊은 부부가 알콩달콩 살고 있었어. 신랑과 각시는 한시도 떨어지지 않고 하루 종일 붙어 살았지. 하루는 자다가 깬 신랑이 곁에 각시가 없는 것을 알고 놀랐어. 잠깐 뒷간에 갔겠거니 하고 기다렸지만 들어오지 않더래. 신랑이 밖에 나가서 다 둘러봤지만 어디에도 각시는 없었어. 그렇게 한참이 지나고 인기척이 들리자 신랑은 얼른 자는 척하고 눈을 감았어. 그러자 각시가 살포시 방문을 열고 들어오더니 다시 잠자리에 드는 거야.

다음 날 아침 신랑이 각시에게 물었어.

"자네 어제 저녁으 뭔 일 없었능가?"

"어저께 저녁밥 먹자마자 졸려서 한 번도 안 깨고 곤허게 잤는디요?"

각시는 아무 일도 없다는 듯이 태연하게 말했어.

그러나 그 후로도 각시가 한밤중에 나갔다 새벽에 들어오는 일은 반복되었어. 신랑은 각시가 밤마다 몰래 어디를 다녀오는지 궁금했어. 며칠이 지나고 밤이 되자 또 각시는 신랑이 잠든 것을 확인하고서는 밖으로 나갔어. 그러고는 토방 굴 마루 밑에 파놓은 저장굴으로 들어가 입고 있던 옷을 벗더니 시퍼런 옷으로 바꿔 입고 산으로 정신없이 올라가기 시작했어. 신랑도 각시를 뒤쫓아 갔어. 한참이나 산속으로 들어가던 각시는 갑자기 멧동묘지 앞에서 팔딱팔딱 재주를 넘었어. 그러자 멧동이 쩍 갈라지면서 비단옷을 입은 송장이 나타났어. 각시는 송장의 비단옷을 척척 벗겨서 온몸에 걸치고 찌뚱찌뚱 산을 내려와 마루 밑 토방 굴속으로 들어갔어. 각시를 뒤따라온 신랑은 얼른 방으로 들어와 자는 척하고 누웠지. 잠시 후 방으로 돌아온 각시는 잠에 곯아떨어졌어.

각시가 잠들기를 기다렸던 신랑은 일어나서 잠든 각시의 얼굴을 찬찬히 들여다보았어. 그때 갑자기 각시 콧구멍에서 무언가가 나오기 시작했어. 그것은 바로 거미였어. 한 마리가 펑 하고 나오자 또 한 마리 펑, 그리고 또 한 마리 펑, 그렇게 세 마리나 나왔지. 거미들은 줄을 지어 문틈 사이로 나가더니 조금 있다가 다시 방문 틈으로 들어오려고 했어. 그런데 높은 문턱에 막혀

자꾸만 미끄러지더래. 그것을 지켜보던 신랑은 옆에 있던 저릅대삼대의 껍질을 벗긴 것를 방 문턱에 걸쳐 놓아 주었어. 그랬더니 거미들이 그걸 타고 쪼르르 방으로 들어와서는 다시 각시의 콧구멍 속으로 들어가기 시작했어. 한 마리가 오른쪽 콧구멍 속으로 쏙, 또 한 마리가 왼쪽 콧구멍 속으로 쏙, 그리고 마지막 세번째 거미가 막 들어가려고 할 때 신랑이 저릅대로 내리쳐 죽여 버렸어. 얼마 후 깊은 잠에서 깬 각시가 기지개를 펴며 말했어.

"내가 자는디 참말로 이상시런 꿈을 꾸였소."

"무신 꿈인디 그려?"

"내가 어디를 가고 있었는디 강물이 복새물흙탕물이 돼서 겁나게 넘치고 있응게, 어떤 사내가 나무 큰 놈을 갖고 와 갔고 척 허고 다리를 놔 주서 내가 얼릉 건너왔당게요."

그날 이후로 각시는 한밤중에 나가는 일이 없어졌어. 알고 보니 사람에게는 양쪽 콧구멍에 거미가 하나씩만 들어 있어야 하는데 각시에게는 한 마리가 더 들어 있어서 그런 거였대. 그 한 마리가 조화를 부려 한밤중에 송장 옷을 훔치게 했던 거지. _ 남원군 금지면

7-4. 우렁 색시

산골에서 농사짓고 사는 어머니와 아들이 있었어. 하루는 아들이 혼자서 논으로 일을 하러 나갔어. 한참 일을 하다 심심해진 아들은 괭이로 논두렁을 파면서 혼잣말을 했어.

"이 농사를 지어서 누구랑 먹을랑가?"

"니랑 나랑 먹지."

아들은 깜짝 놀라 주위를 둘러봤지만 자기 말고는 아무도 없었지. 그래서 잘못 들은 게 아닌가 싶어 다시 한번 땅을 파며 말해 보았어.

"이 농사를 지어서 누구랑 먹을랑가?"

"니랑 나랑 먹지."

혹시나 누가 숨어서 장난을 치는가 싶어 여기저기 살펴봤지만 아무도 없었어.

아들이 일을 마치고 집으로 가려고 할 때, 논두렁 가에서 주먹만 한 우렁이를 발견했어.

'뭔 놈으 우렁이가 이렇게 크댜?'

아들은 우렁이를 가지고 집으로 돌아왔어.

"어매, 어매! 여그 와서 이것 좀 봐. 오다가 논이서 주워 왔는디 이케 큰 놈은 첨 보네이."

"아따, 긍게 말이여. 어서 정지 물 항아리다 당궈라이담가라."

다음 날 새벽 어머니는 밥을 하러 부엌으로 나갔어. 그런데 부뚜막 위에 김이 모락모락 나는 밥상이 차려져 있는 거야.

'시상으나, 누가 이렇게 가진갖은 반찬을 히서 밥을 해놨다냐. 참말로 이상허다.'

어머니와 아들은 의심스러웠지만 이왕 차려진 밥상이니 맛있게 먹었어. 그리고 밭으로 일을 하러 나갔어. 그런데 저녁이 되어 일을 마치고 돌아와 보니 또 맛있는 밥상이 차려져 있는 거야. 누가 그러는지 궁금해서 견딜 수가 없었던 아들은 새벽이 되자 몰래 부엌문 뒤에 숨어서 지켜봤어. 그러자 신기한 일이 벌어졌어. 부엌 안 물 항아리에 있던 우렁이가 색시로 변하더니 쌀을 씻어서 밥을 하는 거야.

'아, 매일같이 밥을 차려 놓은 이가 바로 저 우렁이였구먼.'

그런데 색시가 참하고 이쁘게 생겼어. 아들은 며칠 동안 우렁 색시가 밥하는 것을 몰래 훔쳐봤어. 나흘째 되던 날, 밥을 하고 있는 우렁 색시 뒤로 살금살금 다가가 허리를 딱 보듬었어.

"시악시, 물 항아리 속으로 들어가지 말고 나랑 삽시다."

깜짝 놀란 우렁 색시가 말했어.

"아직은 안 되야요. 지가 사람이 될라믄 시간이 쪼깨 더 있어야 한당게요."

그러고는 순식간에 항아리 속으로 들어가 버렸어. 그 후로 더 이상 나타나지 않았지. 아들은 못내 아쉬웠지만 우렁 색시의 말이 거짓말 같아 보이지 않았어. 마침내 나흘이 지나자 우렁이는 허물을 벗고 사람이 되어 아들과 내외가 되었어. 둘은 알콩달콩 재미나게 살았지.

그러던 어느 날, 우렁 색시가 밥 광주리를 이고 남편이 일하는 밭으로 가는 길에 사또 행차를 만나게 되었어. 색시가 부끄러워 얼른 덤불 뒤로 숨자 덤불 주위가 환하게 빛이 나기 시작했어. 이상하게 여긴 사또가 하인을 시켜 가 보게 하니, 거기에 선녀 같은 우렁 색시가 앉아 있는 거야. 미모에 반해 버린 사또는 색시를 관가로 데리고 갔어. 하지만 우렁 색시는 그날부터 웃지도 않고 먹지도 않고 시름에 잠겨 하루하루를 보냈어. 그것을 지켜보던 사또는 애가 타서 별짓을 다 해보았지만 아무 소용이 없었어.

한편 우렁 색시는 어떻게 하면 집으로 돌아갈 수 있을까 하고 궁리를 했어. 그리고 몰래 집으로 사람을 보내 신랑에게 새 장삼을 입고 관가로 오라고 일렀어. 며칠 후 우렁 색시는 새 장삼을 입고 들어오는 남편을 보더니 호호 하고 웃기 시작했어. 그 모습을 본 사또는 반갑고 신기했어.

'나도 저렇게 새 장삼을 입으면 각시가 웃을랑가?'

사또는 장삼 입은 남편을 불렀어.

"이보게. 내가 옷 값은 달라는 디로 다 줄턴게 자네 나한티 새 장삼 팔고 내 옷 입게나."

신랑은 좋아라 하며 돈을 많이 받고 사또와 옷을 바꿔 입었어. 그러자마자 두 사람은 그만 얼굴까지 바뀌어 버렸어. 사또는 신랑 얼굴로, 신랑은 사또 얼굴로 말이야. 사또는 자기가 진짜 사또라고 소리를 질러 댔지만 되레 곤장만 맞고 쫓겨나고 말았지. 한편 사또가 된 신랑은 고을을 잘 다스리고 우렁 색시랑 행복하게 살았대. _ 전주시 동완산동

7-5. 마지막 남은 담배 한 개비

하루 한 끼도 먹기 힘들 만큼 가난한 남자가 살았어. 그는 먹여 살릴 처자식이 많아 여기저기 구걸까지 다녔지만 매번 빈손으로 돌아오기 일쑤였지. 어느 날 명절이 얼마 남지 않았을 때였어. 옆집에서는 떡을 한다, 옷을 짓는다, 북적거리며 좋아라 하는데 집에서 누더기 옷에 굶고 앉아 있는 식구들이 불쌍해서 볼 수가 없었지.

'처자식도 지대로 못 맥여 살리는 내가 살어서 뭐허냐.'

남자는 자신의 처지를 한탄하다 결국 죽기로 결심하고 산으로 올라가기 시작했어. 차라리 산속에서 호랑이에게 물려 죽기라도 하면 낫겠다고 생각했지. 어느덧 밤이 되어 더 이상 걸을 수조차 없게 되었을 때였어. 멀리서 등불 하나가 반짝이더니 일등미색一等美色 여인 하나가 나타났어. 그러고는 고래등 같은 기와집으로 남자를 데려가더니 진수성찬을 차려 주었어. 그날 이후 남자는 여인의 융숭한 대접을 받으며 부부가 되었고, 걱정 근심 다 잊고 세월 가는 줄 모르게 살았지.

그러던 어느 날 남자는 두고 온 가족들이 생각났어.

"내가 죽기를 작정허고 처자식 두고 집을 나왔는디 혼자서만 편허게 사니 이게 뭔 짓인고."

그러자 여인은 근심하는 남자에게 말했어.

"서방님, 식구들은 잘 지내고 있응게 너무 걱정 마시오."

그래도 남자는 처자식들이 보고 싶었어.

"서방님 맴이 정 그러시면 한번 댕겨오시요. 하지만 돌아오는 길에 누가 와서 말을 시키더라도 절디로 말허거나 듣지 마시야 헙니다. 명심허세요."

여인은 노잣돈까지 챙겨 주며 신신당부를 했어.

남자가 식구들을 찾아가 보니 과연 여인의 말대로 좋은 기와집에서 잘 지내고 있었어. 남자는 부인에게 어찌된 영문인지 물었어.

"해마다 어떤 각시가 와서 집도 사 주고 돈도 주고 요렇게 살펴주고 갔어요. 근디 아무리 물어봐도 누군지 말도 안 허더라고요."

남자는 산속 여인이 자기 몰래 식구들을 먹여 살렸다는 것을 알게 되었지.

며칠 후 남자가 다시 산속 여인에게 돌아가기 위해 집을 나섰어. 가는 길에 다리 하나를 건너게 되었는데 갑자기 초록동이초립동이, 초립을 쓴 나이가 어린 사내 하나가 나타나 말을 거는 거야.

"이보시오. 당신 어디 가는지 내가 다 아는디 거기 가면 당신은 죽는당게."

남자는 누구와도 말하지 말라던 여인의 당부를 떠올리며 대꾸도 하지 않았어. 그러자 초록동이가 다시 말했어.

"당신이 시방 같이 사는 여자는 사람이 아니라 천년 묵은 지네여. 당신 잡아먹을라고 정성을 들이는 것이랑게. 인자 봐, 돌아가면 당장 잡아먹힐 것이여."

초록동이는 남자의 소매 속에 기다란 잎사귀 담배 서너 개를 찔러 주면서 말했어.

"집이 가거든 자는 척허다가 이 담배를 다 불에 처질러 버려. 그렇게 허면 지네가 힘도 못 쓰고 꺼꾸러질 것이여. 그때 바로 도망쳐야 혀. 그리야 당신이 살어."

가만히 듣자 하니 초록동이의 말이 참말일지도 모른다는 생각이 들었어.

'그러고 본게 이상헌 것이 한두 가지가 아니여.'

남자는 초록동이가 준 담배를 옷 속에 숨겨 산속 집으로 돌아갔어. 그리고 살금살금 다가가 몰래 방 안을 들여다보았어. 그런데 정말로 방 안에 큰 지네가 있는 거야. 밖에서 인기척을 하니 지네가 금세 여인으로 바뀌었어.

"내 말이 맞지요? 식구들 걱정헐 거 없당게요."

여인은 저녁 밥상을 잘 차려 주고 일찍 잠이 들었어. 남자는 여인이 곤히 잠든 것을 확인하고 초록동이가 준 담배를 꺼내 피우기 시작했어. 한 대를 피우니 자고 있던 여인의 얼굴이 하얗게 변하기 시작했어. 그리고 담배 두 대를 다 피우자 온몸을 뒤틀고 요동을 치기 시작했어. 이제 마지막 담배 한 대만 피우면 여인을 죽일 수 있었어. 그러나 남자는 갑자기 피우던 담배를 내려놨어.

'내가 죽기를 작정하고 산으로 왔을 때 저 여자가 나를 살리고 우리 식구들까지 거둬 줬는디, 세상에 배은망덕도 유분수지, 은혜를 갚지는 못할망정 지금 내가 뭔 짓을 한디야?'

남자는 마지막 담배를 집어 던졌어. 잠시 후 죽어 가던 여인의 얼굴에 다시 화색이 돌아오기 시작했어. 기력을 회복한 여인이 말했어.

"나는 오라버니랑 죄를 저질러서 하늘에서 쫓겨 온 옥황상제 딸이여요. 오라버니는 구랭이 모습을 허고 나는 지네의 모습을 허고 시상으로 내려왔지요."

"근디 왜 나랑 우리 식구들을 살려 준 것이여?"

"넘한티 좋은 일 히서 덕을 쌓아야 우리가 허물을 벗고 하늘로 돌아갈 수 있기 때문이어요."

"그럼 초록동이는 착한 당신을 왜 죽이라고 헌 것이여?"

"그이가 바로 우리 오라버니인디, 내가 먼저 덕을 쌓아 하늘로 올라갈까 봐 시샘히서 그런거랑게요."

다음 날, 여인은 지네의 허물을 벗고 하늘로 올라갔어. 그리고 남자도 집으로 돌아가 식구들과 함께 잘 살았지. 여인의 오라버니는 어떻게 되었냐구? 영영 승천하지 못한 채 구렁이로 살았대. _ 옥구군 대야면

7-6. 진짜 아들, 가짜 아들

어떤 집 아들이 손톱 발톱을 깎아서 함부로 버리는 버릇이 있었어. 그러면 아들이 버린 손톱 발톱을 그 집에 사는 쥐가 와서 주워 먹고 가고 그랬대. 아들이 자라 열서너 살이 되자 장가를 가게 되었어. 말을 타고 혼인식에 가는 길에 잠시 쉬어 가려고 주막에 들렀지. 그런데 이게 웬일이야? 아들이 잠시 뒷간에 갔다 돌아와 보니 자기랑 똑같은 놈 하나가 말 위에 떡하니 앉아 있는 거야. 사람들은 깜짝 놀랐어. 두 사람이 너무나 똑같이 생겨서 아버지조차 알아볼 수 없었지. 둘은 서로 자기가 진짜 아들이라고 싸웠어. 아버지는 고심 끝에 두 사람에게 집안 대소사에 대해 물었어. 그러자 아들이 미처 생각나지 않아 우물쭈물 하는 사이, 말 위에 앉은 놈은 묻는 대로 척척 잘도 대답하는 거야.

"니가 진짜 내 아들이구먼."

아버지는 가짜 아들을 진짜라고 믿고 호통을 치며 아들을 내쫓았지. 그리고 가짜 아들을 데리고 혼인식을 하러 떠났어.

아들은 아버지조차 자신을 알아보지 못하자 크게 상심했어. 갈 곳이 없게 된 아들은 이리저리 헤매다 어느 절로 들어가 속세와 연을 끊고 살겠다고 다짐했지. 하지만 몇 년이 흐르자 집 생각이 간절해져 참을 수가 없었어. 이를 알게 된 스님은 아들에게 고양이 한 마리를 주며 말했어.

"갈 때 이놈을 장삼 속에 잘 넣어 갖고 가그라. 그리고 집이 당도허먼 동냥허러 온 것처럼 소리를 질러. 그러믄 신랑이 나올 것이여. 그때 괭이고양이를 그놈한티 던져 뿌러라."

아들은 집에 당도하자마자 집 안의 동태를 살폈어. 마침 집 안에서는 각시가 아기를 낳으려던 참이라 어수선했지. 잠시 후 대문을 두드리며 소리를 쳤어.

"배고파 다 죽겄소. 밥 한 그릇만 주시오."

"시방 정신없어 죽겄는디 대처 누가 와서 동냥질이여?"

가짜 아들이 짜증을 내며 대문을 열고 나오자 아들은 장삼 속에서 고양이를 꺼냈어. 그리고 그를 향해 던졌지. 그러자 순식간에 고양이가 우르르 달려들더니 가짜 아들의 모가지를 콱 물어버렸어. 잠시 후 땅바닥에는 허옇고 커다란 쥐가 쭉 뻗어 죽어 있었어. 집 안에서도 난리가 났어. 각시가 애기를 낳았는데 사람이 아니라 쥐 새끼를 낳은 거야. 그제서야 식구들은 아들의 손톱 발톱을 먹고 자란 쥐가 이제까지 가짜 아들 노릇을 했다는 것을 알게 되었어.

"아부지, 내가 진짜 아들인디 어찌 날 몰라 보셨대요?"

"아이고 대처나[그렇지], 내가 니한티 못헐 짓을 힜구나."

아버지와 아들은 서로 얼싸안고 반가워했어.

그 후로 사람들 사이에서 손톱 발톱은 함부로 버리면 안 된다는 말이 생겼대. _ 남원군 금지면

7-7. 전라 감사가 된 소금장수 ①
―하루를 살다 죽더라도 전라 감사

옛날 전주에 감사가 부임만 하면 사흘을 넘기지 못하고 죽어 나가는 해괴한 일이 있었어. 양반들은 무서워서 아무도 그 자리에 가려 하지 않았지. 조정에서는 누구라도 좋으니 전라 감사에 자원할 사람을 찾는다는 방을 써 붙였어.

어느 날 서른이 넘도록 장가도 못 가고 장돌뱅이로 떠돌아다니던 소금장수가 방을 보게 되었어.

'에이, 하루를 살다 죽더래도 감사 한번 해보고 죽자.'

소금장수는 보따리 하나 달랑 짊어지고 길을 떠났어. 그런데 산을 넘어가다가 그만 날이 저물었어. 마침 작은 오두막집을 발견하고 들어가 보니 할매 혼자 집을 지키며 살고 있었어. 소금장수가 하룻밤 묵어갈 것을 청하자 할매는 흔쾌히 허락했지. 저녁을 먹고 나자 할매가 말했어.

"안동네아래동네 가서 잠깐 놀다 올 텅게 편히 쉬고 있어. 근디 말여, 행여 어떤 늙은이가 와 갖고 나 찾어 싸면 딴소리허지 말고 볼일 보러 갔다고 혀."

할매가 나가고 얼마 지나지 않아 인기척이 들렸어. 나가 보니 할배 하나가 서 있었어.

"쥔 있어, 없어?"

"쥔 어른 잠깐 볼일 보러 나가셨는디요?"

"그려? 근디 너는 그이가 무섭지도 않더냐?"

"예? 무섭다니요. 잘 디 없다고 방도 내 주고 한 상 잘 채리 주서 밥도 같이 먹고 힜는디요?"

"에이, 모르는 소리 말어. 그이는 사람이 아니라 백 년 묵은 여시여우여."

"그게 뭔 소리대요?"

놀란 소금장수가 믿으려고 하지 않자 할배는 이렇게 말했어.

"그 여시가 지금 어디 간 줄이나 알어? 저그 안동네 부잣집 간 거여."

"왜요?"

"그 집이 혼사 앞둔 무남독녀 외딸이 있는디 시방 시름시름 앓다가 아퍼서 다 죽게 생깄어. 용하다는 의원들이 방 안으로 꽉 찼어도 그 병을 못 고치고 있당게. 근디 알고 보면 시악시색시 병 고치기 천하 쉬운디….”

“그게 뭔디요?”

“사실 시악시는 아무 탈이 없는 사램이여. 근디 이 집 여시가 저녁마다 거기 가서 그 시악시 혼을 빼놔서 그런 거여.”

“아이고, 그럼 이 일을 어쩐대요?”

“방법이 다 있지. 삼족구三足狗라고 허는 세 발 달린 개가 있어. 그것을 구히다가 소매 속으다 넣고 있다가 시악시 죽는다고 난리 치면 바로 방에 들여놔. 그러믄 그것이 여시를 단박에 물어 죽일 것이여.”

이야기를 하던 할배는 담배 한 대를 얻어먹고 가며 말했어.

“쥔이 와서 누구 왔다 갔냐고 허면 아무도 안 왔다고 혀.”

조금 후 놀러 나갔다 돌아온 할매가 물었어.

“누구 안 왔어?”

“아무도 안 왔는디요?”

그러나 할매는 뭔가 다 알고 있는 듯 재차 물었어.

“참말이여?”

“사실은요. 할배 하나가 왔다 가긴 했는디.”

“할배? 너는 고것이 사람으로 뵈더냐?”

“그럼요. 나랑 담배도 먹고 놀다갔는디요.”

"그 늙은이는 사람이 아녀. 저 앞산이 사는 천 년 묵은 쪽지비[족제비]여. 그것 땜시 전라도 감사가 오기만 허면 사흘을 못 냉기고 죽어 나가잖여."

"그게 다 뭔 소리데요?"

"전라 감사가 부임해 오면 이쁜 기생이 술상을 잘 채리 갖고 들어와서 술을 권허는디 그걸 먹고 죽는단 말여. 근디 그 기생이 바로 쪽지비여."

소금장수는 그 얘기를 듣고 '방에 붙은 것이 이것 때문이었구나' 하고 생각했어. 소금장수는 시치미를 떼며 물었어.

"그럼 전라 감사가 안 죽을라면 어떻게 히야 허는디요?"

"간단혀. 온몸에 방울을 달고 탈바가지 하나 쓰고 이불 속으가 가만히 둔너[누워] 있으면 되야. 그러다 기생이 술상 들고 들어오면 이불 속으서 벌떡 인나 뿌러. 그러믄 기생이 놀라 자빠짐서 쪽지비로 변히 갔고 방을 쌀쌀 기어 댕길 거여. 그때 대통으로 후리치면 그냥 죽는당게. 근디 고렇게 쉬운 것을 다들 그걸 모르고 저려." _ 군산시

7-8. 전라 감사가 된 소금장수 ②
—여우와 족제비

이튿날, 날이 밝자마자 소금장수는 할배의 말이 맞는지 확인해 보기로 했어. 그래서 안동네 부잣집으로 가 보았어. 그런데 정말로 혼기 앞둔 딸이 다 죽게 생긴 거야. 소금장수는 할배가 일러준 대로 해보기로 하고 부자를 만나 딸의 병을 고칠 방도가 있다고 말했어.

"시방 당장 가서 삼족구세 발 달린 개를 구해 오시야 허겄어요."

그리고 밤이 되기를 기다렸지. 한밤중이 되자 딸이 있는 방 안에서 난리가 났어.

"아이고, 아씨 죽네."

이때다 싶었던 소금장수는 소매 속에 숨겨 둔 삼족구를 꺼내어 방 안에 넣고 얼른 문을 닫았어. 방 안에서는 천둥 벼락 치는 소리가 나고 집이 무너질 듯이 요동을 쳤어. 잠시 후 조용해지자 방문을 열어 보았어. 그런데 정말로 백 년 묵은 여우가 삼족구에게 목이 물려 나자빠져 있는 거야. 물론 다 죽게 생겼던 부잣집 딸도 멀쩡하게 일어나 앉아 있었지. 할배가 일러 준 대로 한 것 뿐인데 딸이 살아나는 것을 보니 소금장수는 속으로 그저 신기하기만 했지. 다음 날 소금장수가 떠날 채비를 하자 부자는 가지 말라며 붙잡았어. 하지만 소금장수는 할배처럼 여우 할매가 해 준 말도 맞을지 모른다는 생각에 마음이 급해졌어.

"내가 지금 전주 가서 꼭 해야 헐 일이 있응게 일 끝나면 꼭 다시 찾아 오겄습니다요."

드디어 전주에 도착한 소금장수는 관가로 찾아가 방을 내보이며 감사를 자청했어. 그리고 첫날밤을 맞이하게 되었지. 밤이 으슥해지자 여우 할매가 일러 준 대로 미리 구해 놓은 탈바가지와 방울 달린 옷을 입고 이불을 뒤집어쓴 채 때를 기다렸지. 잠시 후 신발 끄는 소리가 나더니 문이 스르륵 열렸어. 그리고 잘 차려입은 기생 하나가 술상을 들고 들어왔어.

"오시느라 욕보셨지라우? 술 한잔 허시고 푹 주무셔요."

기생이 술상을 내려놓고 앉으려던 찰나, 탈바가지를 쓴 소금장수가 이불을 걷어차고 일어나 버럭 소리를 질렀어.

"이 요망한 것, 워디서 수작이여?"

그러고는 기생의 머리를 대통으로 힘껏 후려쳤어. 그러자 기생은 온데간데없고 족제비 하나가 쭉 뻗어서 죽어 나자빠지는 거야.

'역시 여우 할매의 말이 맞았구나.'

소금장수는 죽은 족제비를 이불에 돌돌 싸서 처마 밑에다 매달아 놨어. 이튿날, 당연히 죽은 줄 알고 확인하러 온 육방 관속들은 소금장수가 멀쩡하게 방에서 걸어 나오자 깜짝 놀랐어. 그리고 처마 밑에 매달린 족제비를 보고 다들 기겁해서 도망갔지. 조정에서는 소금장수에게 큰 벼슬을 내렸어. 소금장수는 약속대로 부자네로 돌아가 자신이 살려 준 외동딸과 혼인하고 잘 살았지. 다 여우 할매와 족제비 할배가 서로 고자질한 덕분이었어.

_ 군산시

8부

말, 말, 말

8-1. 진지 먹고 감주 먹자

어느 바보가 나이 들어 장가를 갔어. 하루는 처가에 가니 어린 처남이 졸졸 따라다니며 물어보는 거야.

"매형, 감주 드실라요? 진지 드실라요?"

하지만 바보는 그 말이 무슨 뜻인지 알아들을 수가 없었어. 집으로 돌아온 바보가 아버지에게 물었어.

"아부지, 처남이 감주 드실라요 허는디 대체 감주가 뭐여?"

"아이구 이놈아, 그것도 몰라? 식혜가 감주 아녀."

"그럼, 진지 드실라요 허던디 진지는 뭐여?"

"이놈아, 그건 밥 먹으라는 소리 아녀?"

아버지는 바보 아들 때문에 속이 타 죽을 지경이였어. 얼마 후 아들이 다시 처가에 가게 되자 아버지는 아들에게 단단히 일렀어.

"이번에도 또 처남이 '감주 드실라요 진지 드실라요' 허고 물어보면 진지 먹고 감주 먹자 혀. 알았지?"

바보는 아버지 당부를 잊지 않으려고 입으로 외우며 걷기 시작했어.

"진지 먹고 감주 먹자. 진지 먹고 감주 먹자."

그렇게 한참을 가다가 바보는 돌부리에 걸려 넘어지고 말았어. 그리고 일어나 다시 걷기 시작했을 때 그만 외우던 말을 잊어버리고 말았지. 방금 전까지 입으로 외우던 말은 아무리 생각해도 기억이 나질 않았어. 마침 지나가던 나그네가 어쩔 줄 몰라 하는 바보를 보고 물었어.

"뭔 일 있소?"

"내가 뭘 잊어버리서 그런디요."

"뭔디? 진즉 잃어버린 것이요?"

그러자 바보가 말했어.

"아 맞다. '진즉'."

"옴서 잃어버렸소, 감서 잃어버렸소?"

"어? '감서' 맞네 '감서'. 이제 다 찾었소."

바보는 '진즉 먹고 감서 먹자'를 외우며 신나게 처가로 갔어.

이번에도 처남이 오더니 물었어.

"매형, 감주 드실라요? 진지 드실라요?"

그러자 바보는 자신 있게 말했어.

"진즉 먹고 감서 먹자."

그때 각시가 밥을 한 상 차려 와서 신랑 옆에 앉았어. 시장하던 바보가 밥 한 숟갈을 떠서 막 입에 넣으려던 순간, 옆에 있던 각시가 그만 '퐁' 하고 방귀를 뀌었어. 그러자 바보가 점잔을 떨며 말했어.

"진즉 안 뜨겁네. 자네가 퐁 불지 않어도 되야." _ 정읍군 정우면

8-2. 참기 내기

어릴 적부터 함께 자란 깨복쟁이* 세 친구가 있었어. 하나는 항상 코에 콧물을 달고 다니는 코훌쩍이, 또 하나는 수시로 눈을 깜빡이는 버릇이 있는 눈깜재기, 그리고 또 하나는 머리에 부스럼을 달고 사는 부스럼쟁이였어. 어느날 세 친구는 다른 친구들이 지켜보는 가운데 떡 한 시루를 놓고 내기를 했어. 코훌쩍이는 코 훌쩍거리지 않기, 눈깜재기는 눈 깜빡거리지 않기, 그리고 부스럼쟁이는 머리 안 긁기. 셋 중에 끝까지 참는 사람이 떡 한 시루를 다 먹기로 한 거야.

마침내 참기 내기가 시작되었어. 코훌쩍이 코에서는 콧물이 줄줄 흘러내리고, 눈깜재기는 두 눈을 부릅뜨고, 부스럼쟁이는

* 벌거숭이. 옷을 다 벗은 사람을 뜻하는 전라도 방언. 주로 '깨복쟁이 친구'로 쓰이는데, 옷을 다 벗고 부끄러운 줄 모르고 함께 자란 허물없는 친구라는 뜻이다.

가려워도 죽을힘을 다해 참고 있었어. 그렇게 한참이 지났을까. 갑자기 부스럼쟁이가 말했어.

"야들아, 이렇게 앉아 있을랑게 쫌 심심허지 않냐? 내가 재밌는 애기 하나 히주까?"

"뭔디?"

"어저께 내가 산으로 나무를 허러 갔는디 사슴 한 마리를 봤거든? 근디 사슴뿔이 이짝도 나고 저짝도 났더라."

부스럼장이는 사슴뿔이 난 것을 흉내내면서 두 주먹으로 머리에 난 종기를 이쪽저쪽 쿡쿡 찔러 댔어. 그러자 이번에는 코훌쩍이가 말했어.

"그려? 내가 봤으면 총으로 이렇게 뎅~ 하고 쐈을 것인디."

그러고는 총 쏘는 시늉을 하면서 줄줄 흐르는 코를 소매 끝으로 쓱 문지르는 거야. 이것을 본 눈깜재기가 두 손을 눈앞에서 홱홱 내두르고 눈을 꿈벅거리며 말했어.

"짐승 목숨도 산 목숨인디, 야들아 그런 소리 허먼 안 되야."

옆에서 이것을 본 친구들이 박장대소했어. 결국 세 친구는 떡을 똑같이 나누어 먹었어. _ 부안군 동진면

8-3. 콕 찍었다 쏙 뺐다

이야기를 아주 좋아하는 할머니가 살았어. 할아버지는 할머니를 위해서 밤마다 재미있는 이야기를 들려주었지. 그러던 어느 날, 할아버지의 이야기를 듣던 할머니는 말했어.

"영감, 더 재밌는 얘기 읎서요?"

그동안 할아버지가 해준 이야기들은 너무 많이 들어서 재미가 없었어.

다음 날 할머니는 할아버지에게 술과 떡을 해주며 이야기를 사 오라고 했어. 할아버지는 이야기를 사러 길을 나섰지. 반나절쯤 갔을 때 논에서 쟁기질하고 있는 사람을 만났어. 할아버지는 일도 거들고 술도 한잔 따라 주면서 논 주인에게 말했어.

"사실은 내가 이야기를 사러 댕기는디 재미난 이야기 하나 있으믄 나한티 하나 파시유."

논 주인은 술과 떡을 얻어먹을 욕심에 자기가 이야기를 많이 안다고 거짓말을 했어. 그러고는 할아버지가 따라 주는 술과 떡을 다 먹어 버렸지. 하지만 논 주인은 아무리 생각해도 재미난 이야기가 떠오르지 않았어. 이제나저제나 이야기가 나오기를 기다리던 할아버지는 애가 탔지.

'대처 이야기는 언제 헐라고 저러고 있디야?'

바로 그때 옆 논에 황새 한 마리가 훨훨 날아와 우렁이를 찾는 모습을 본 논 주인은 할아버지에게 말했어.

"자, 지금부터 얘기 시작헐랑게 잘 들으시오."

그러고는 논 속에 있는 우렁이를 보고

"엉금엉금 기어 온다."

논 한가운데서 우렁이 찾는 황새 모습을 보고

"둘레둘레 쳐다본다."

황새가 부리로 콕 찍어 우렁이를 잡는 것을 보고는

"콕 찍었다, 쏙 뺐다."

우렁이를 집어 먹은 황새가 훨훨 날아가자

"훨훨 간다"라고 말했어.

"자, 지금부터 내가 말하는 대로 따라하시오."

그러자 할아버지가 논 주인이 한 말을 따라 했어.

"엉금엉금 기어 온다."

"엉금엉금 기어 온다."

"둘레둘레 쳐다본다."

"둘레둘레 쳐다본다."

"콕 찍었다 쏙 뺐다."

"콕 찍었다 쏙 뺐다."

"훨훨 간다."

"훨훨 간다."

그러자 논 주인은 이야기 다했다고 가 버렸어. 할아버지가 집으로 돌아오자 할머니는 반갑게 맞으며 말했어.

"영감, 이야기 샀소?"

"그럼, 샀구말구."

밤이 되자 할아버지는 드디어 이야기를 시작했어. 그때 마침 도둑이 할아버지 집으로 엉금엉금 기어 오고 있었어. 할아버지가 "엉금엉금 기어 온다"고 말하자, 할머니가 "엉금엉금 기어 온다" 하고 따라했어. 도둑은 깜짝 놀라 얼른 부엌으로 숨었어. 그러고는 어디서 나는 소리인가 싶어 둘레둘레 쳐다봤어. 그러자 또 방에서 할아버지가 "둘레둘레 쳐다본다"고 말하니, 할머니가 "둘레둘레 쳐다본다" 하는 거야. 가슴이 철렁해진 도둑은 얼른 솥이나 훔쳐 도망가자고 생각했어. 그러고는 가마솥 가장자리를 콕 찍었다 쏙 뺐어. 그러자 할아버지가 다시 "콕 찍었다, 쏙 뺐다"라고 말하는 거야. 누군가 자기를 보고 있다고 생각한 도둑은 혼비백산이 되어 도망갔어.

그때 방에서 할아버지가 "훨훨 간다" 하니, 할머니가 "훨훨 간다" 했어. 이야기를 마친 할아버지가 "하하하" 웃으니, 할머니가 "호호호" 웃었어. _ 정읍군 칠보면

8-4. 문풍지야 떨지 마라

동네에 제일가는 이부잣집 아들이 있었어. 그에게는 친한 친구가 있었는데 성은 청이요 이름은 개굴이었어. 개굴은 집안 형편이 무척 어려웠지. 친구가 못사는 것이 안타까웠던 부잣집 아들은 개굴에게 말했어.

"내가 이거 줄 턴게 내일 우리 집이 몰래 가서 연못에다 살짝 빠트려라. 그럼 니가 앞으로 살기가 쪼께 나을 것이여."

아들은 친구에게 아버지가 애지중지하는 은 재떨이를 주었어. 개굴은 도대체 무슨 영문인지 알 수 없었지만 친구가 시키는 대로 다음 날 재떨이를 연못에 던졌어. 며칠이 지나자 이부자네서는 난리가 났어. 조상 대대로 내려오던 은 재떨이가 감쪽같이 사라졌기 때문이야. 온 집 안을 샅샅이 뒤져도 나오지 않자 이부자는 걱정이 이만저만이 아니었어. 아들은 개굴을 집으로 데리고 갔어.

"아부지. 야가 내 친군디 잃어버린 것을 귀신같이 찾는 재주가 있당게요?"

"아이고 세상에, 그게 참말이여? 찾기만 헌다믄 내가 백 냥이라도 주마."

그러자 개굴이 생각하는 척하더니 연못 한쪽을 향해 손을 가리켰어.

"바로 저그 있구만요."

이부자는 사람을 시켜 연못의 물을 다 퍼냈어. 그러자 정말 개굴이 가리킨 쪽 연못 바닥에 은 재떨이가 있는 게 아니겠어? 이부자는 약속한 대로 개굴에게 백 냥을 주었어. 덕분에 개굴은 밥걱정은 안 하고 살게 되었지. 그런데 이 소문이 중국에 주천자명나라 황제 귀에까지 들어갔어. 얼마 후 주천자는 사신을 보내 개굴을 불렀어.

"내가 옥새를 잃어버렸는데 그동안 온갖 방도를 다 써 봐도 찾을 수가 없다. 네가 한번 찾아볼 수 있겠느냐?"

천자의 말을 들은 개굴은 가슴이 철렁했어. 그렇다고 못한다는 말을 할 수도 없었어.

"그럼요. 찾을 수 있구 말구요. 저에게 석 달만 시간을 주십시오."

주천자는 개굴을 극진히 대접했어. 어느새 시간이 흘러 석 달이 다 되었지만 개굴은 옥새를 찾지 못했어. 개굴은 석 달만 더 시간을 달라고 했어. 그러자 화가 난 주천자가 말했어.

"좋다. 하지만 이번에도 옥새를 찾지 못하면 네 목숨을 내놓아야 할 것이다."

드디어 옥새를 찾아 주기로 약속한 석 달이 지나고 마지막 하루가 남았어. 개굴은 내일이면 죽을 생각을 하니 도저히 잠을 이룰 수가 없었지. 그때 문풍지가 바람에 파르르 떨렸어. 개굴은 혼잣말로 말했어.

"문풍지야 떨지 마라. 날 새믄 죽는다."

그때 방문 밖에서 이 소리를 듣고 화들짝 놀라는 사람이 있었어. 바로 옥새를 훔쳐 간 도둑이었어. 용하다고 소문이 자자한 개굴이 혹시라도 자기가 도둑이라고 알아낸 건 아닌지 밖에서 몰래 엿듣고 있었던 거야. 그런데 그 도둑 이름이 다름 아닌 '문풍지'였어. 다시 한 번 바람이 휙 불자 방 안에서는 또 소리가 들렸어.

"문풍지야 떨지 마라. 날 새믄 죽는다."

밖에서 엿듣던 도둑은 개굴이 자기가 범인이라는 것을 알아냈다고 생각했어. 도둑은 방문을 열고 들어가 개굴 앞에 넙죽 엎드렸어.

"죽을 죄를 지었습니다. 옥새는 감나무 밑에 숨겨 두었으니 제발 목숨만 살려 주십쇼."

개굴은 주천자에게 옥새를 찾아 주고 도둑은 살려 주었지. _ 완주군 운주면

8-5. 파리와 포리

어느 시골 사람이 태어나서 처음으로 서울 구경을 가게 되었어. 날이 어두워지자 주막에서 하룻밤을 묵게 되었는데 서울 사람과 한방을 쓰게 되었지. 그런데 더운 여름이라 방 안에 파리가 어찌나 많은지 잠을 잘 수가 없었어. 참다 못한 시골 사람이 벌떡 일어났어.

"방으 무신 포리가 이렇게 많디야?"

이 말을 들은 서울 사람이 말했어.

"무식한 시골 사람 같으니. 포리가 뭐요? 파리지."

그러자 무안해진 시골 사람은 이렇게 말했어.

"이봐 서울 양반, 내가 사는 시골은 포리가 있고 파리가 따로 있는디 포리를 모른단 말여?"

"그게 무슨 소리요? 파리면 파리지, 포리가 어디 따로 있소?"

하지만 시골 사람은 파리와 포리가 따로 있다고 끝까지 우겨댔어. 그러자 서울 사람이 물었어.

"어디 그럼 파리는 어떻게 생겼고, 포리는 어떻게 생겼는지 말 좀 해보시오."

"잘 들어 보랑게. 파리라는 것은 뒷다리로 날개를 요렇게 싹싹 쓰다듬음서 비는 것이고, 포리는 앞다리로 대가리를 요렇게 싹싹 쓰다듬음서 비는 것이여."

시골 사람은 흉내까지 내가며 말했어. 서울 사람이 듣고 보니 그럴듯한 거야. 그는 방 안의 파리들을 자세히 살펴보기 시작했어. 그랬더니 정말로 어떤 놈은 앞발로 대가리를 쓰다듬는 놈이 있고, 어떤 놈은 뒷다리로 날개를 쓰다듬는 놈이 있단 말이지. 무안해진 서울 사람은 시골 사람에게 말 한마디 못하고 파리가 윙윙거려도 잠만 잤다는군. _ 부안군 부안읍

8-6. 무툼벙, 무뚝뚝

글 좀 읽는다고 자랑깨나 하고 다니는 선비가 살았어. 그는 자기가 세상에서 제일 유식한 줄 알고 동네방네 풍월을 읊으며 잘난 체를 해댔어. 그날도 선비는 글을 읊으며 산길을 가고 있었어. 마침 나무꾼이 길 한편에서 낮잠을 자고 있었지. 그런데 글 읊느라 정신이 팔린 선비는 나무꾼의 발을 툭 차고도 미안하다는 소리 한마디 없이 지나갔어. 자다가 깬 나무꾼은 선비가 괘씸했어.

"이눔아, 갈라면 곱게 가지 왜 남의 발은 차고 가는 거여?"

"내가 일부러 했냐. 하도 신나서 글 읊다 본게 그리 된 것이지."

선비가 오히려 더 큰소리를 쳤어. 나무꾼은 기가 막혔지.

"니가 시방 글에 그렇게나 자신 있다는 말인디, 좋아 어디 한 번 나랑 대적해 보자."

"나무꾼 주제에 글을 알면 을마나 안다고 그려?"

선비는 비웃으며 대수롭지 않게 그러자고 했어.

나무꾼이 말했어.

"내가 먼저 글 한 짝을 지을 것인게 니가 마저 한 짝을 채워라. 만약 못허면 어디 가서 글 읽는다는 소리 다시는 허지 말어야 혀."

나무꾼이 운을 띄웠어.

"월락강상月落江上에 무無툼벙."

선비는 당황해서 아무 말도 할 수 없었어. 무툼벙이라니? 이것은 생전 듣도 보도 못한 운자였어. 나무꾼은 당황하는 선비를 보고 말했어.

"뭣허냐? 다음은 니 차례여."

자신만만하던 선비는 아무리 해도 이을 말이 생각나지 않았어. 선비 체면이 말이 아니었지. 선비는 입 한 번 열지 못하고 그렇게 앉아 있었어. 어느새 해가 뉘엿뉘엿 지기 시작했어. 그러자 나무꾼이 말했어.

"내가 사흘 줄랑게 나머지 채워서 여그서 다시 만나자."

선비는 걱정을 한가득 안고 집으로 돌아왔어. 글을 지을 수도 없고, 큰소리쳤으니 못한다고 할 수도 없어서 밥도 못 먹고 잠도 못 잤어. 드디어 시간이 지나고 내일이면 나무꾼을 만나야 하는 날이었어. 밤이 깊도록 잠을 이루지 못하던 선비가 깜빡 졸게 되었지. 그러자 꿈속에 나무꾼이 나타났어.

"나머지 글은 채웠냐?"

"아직 못 채웠네."

"이놈아, 그것도 못함서 온 세상에 글 잘한다고 자랑질을 하고 다녔단 말여? 내가 일러 줄 테니 약속대로 다시는 어디 가서 글 가지고 잘난 척 말어."

그리고 나무꾼이 말했어.

"월락강상에 무툼벙하니,

화락정상化落庭上에 무無뚝뚝이라.

달 떨어진 강 위에 툼벙 소리가 없으니,

꽃 떨어진 뜰 위에 뚝뚝 소리 없더라."

그제서야 선비는 나무꾼이 보통 사람이 아니라는 것을 깨닫고 허리를 굽혀 절하며 사죄했어.

"이놈아, 내가 바로 이태백이다. 무툼벙, 무뚝뚝이 어디 있던 문자더냐. 네가 글 가지고 잘난 척하는 꼴이 하도 우스워 내가 장난 좀 친 것이여."

잠에서 깬 선비는 너무도 부끄러워 고개를 들 수가 없었어. 그리고 그 후로 다시는 글 좀 읽는다는 소리는 절대 하지 않았어. _ 부안군 줄포면

8-7. 흐리 하리 풍터쿵

홀어머니를 모시고 사는 늙은 총각이 있었어. 총각은 앞집 정승 댁 딸이 맘에 꼭 들었지만 나무해서 근근이 먹고사는 처지라 말해 볼 엄두도 내지 못했지. 하지만 날이 갈수록 연모하는 마음은 더 간절해졌어. 노총각은 나무를 하러 다니는 길에 시냇가에서 하루도 빼놓지 않고 절을 하며 빌었대.

"앞집 정승 댁 따님한티 꼭 장가가게 해주시요."

3년이 흐른 어느 날, 그날도 역시 나무를 하고 오는 길이었어. 노총각은 시냇가에서 절을 하고 쉬다가 잠깐 잠이 들었어. 그런데 꿈속에서 하얀 수염의 노인이 나타나서 말했어.

"너의 정성이 참으로 지극하구나. 내가 이것을 줄 테니 처녀가 오줌 싼 자리에다 몰래 박아 놓거라."

노총각이 꿈에서 깨 보니 손에 돌돌 말은 종이 막대 세 개가 있었어. 그 뒤로 총각은 시간만 나면 정승 댁 딸 동태를 살폈어.

어느 날 저녁 무렵, 처녀가 뒤뜰에 나왔다가 오줌이 얼마나 급했던지 뒷간까지 가지도 못하고 넘새밭채소밭에서 볼일을 보게 되었어. 그것을 지켜보던 총각은 처녀가 오줌 싼 자리에 가서 얼른 종이 막대 세 개를 박았어. 그러자 처녀 입에서 갑자기 "흐리 하리 풍더쿵, 흐리 하리 풍더쿵" 하는 소리가 나오는 거야. 처녀는 깜짝 놀라서 입을 막았어. 하지만 처녀가 조금만 몸을 움직여도 "흐리 하리 풍더쿵" 하고 소리가 절로 나온단 말이야. 그 뒤로 처녀는 창피해서 누구한테 말도 못하고 방에서 나오질 못했어. 하루 이틀 지나고 딸을 이상하게 여긴 정승 부부가 따져 물었어. 그런데 세상에 이런 해괴한 일이 어디 있을까. 딸이 몸을 움직이기만 하면 입에서 "흐리 하리 풍더쿵" 하는 소리가 나오는 거야. 정승 부부는 팔도에 유명한 의원은 다 불러다가 딸의 병을 고쳐 보려고 했지만 아무 소용이 없었대.

보름쯤 지나자 노총각은 넌지시 어머니를 불러 말했어.

"지가 정승댁 처자 병을 고칠 수 있을 것 같은디, 어무이가 가서 말 좀 해주시오."

"팔도 의원들도 못 고친 병을 니가 무슨 수로 고친단 말이여?"

어머니는 어림도 없는 일이라고 펄쩍 뛰었지만 결국 아들의 간절한 부탁을 거절할 수가 없었어. 정승 부부는 지푸라기라도 잡는 심정으로 그 말을 믿어 보기로 했어. 총각은 처녀의 방으로 들어가 병을 치료하는 척했어. 그리고 밤이 되자 정승댁 뒤뜰 넘새밭으로 가서 오줌 싼 자리에 박아 놓았던 종이 막대 중에 하나를 빼어. 그러자 처녀가 일어나 방에서 나오더니 "하리 풍더쿵, 하리 풍더쿵" 그런단 말이야. "흐리 하리 풍더쿵" 하던 것이 "하리 풍더쿵" 하고 두 마디로 줄어든 거야. 이것을 보고 정승 부부는 총각에게 딸을 낫게만 해준다면 사위를 삼겠다고 약속했어. 총각은 더욱더 열심히 처녀를 치료하는 시늉을 했어. 그리고 그날 저녁 다시 오줌 구멍에 막은 종이 막대를 또 하나 빼어. 그러자 이번에는 그냥 "풍더쿵" 소리만 하네. 그리고 며칠 뒤에 하나를 마저 빼 버렸더니 처녀 입에서 더 이상 아무 소리도 나지 않았어. 정승 부부는 약속대로 노총각을 사위로 삼았어. 그리고 노총각은 소원대로 연모하던 정승댁 딸과 혼인하여 잘 먹고 잘 살았지._ 부안군 줄포면

8-8. 홍시 맛이 참 구리네

장가간 지 얼마 안 된 새신랑이 처가에 가게 되었어. 이른 저녁을 먹어서인가 한밤중이 되자 배가 고픈 신랑은 잠이 오지 않았어. 이리저리 뒤척거리던 신랑은 낮에 처갓집 뒷마당에서 본 감나무가 생각났어. 감나무에는 커다랗고 빨갛게 잘 익은 홍시가 주렁주렁 많이도 달려 있었거든.

'홍시 몇 개만 따 먹으면 참 좋을 턴디.'

배고픔을 참을 수 없었던 신랑은 자리에서 일어나 살금살금 뒷마당 감나무로 갔어. 신랑은 서둘러 감나무에 올라가 정신없이 홍시들을 따 먹었어. 홍시는 참 달고 맛있었어.

그렇게 한참을 정신없이 먹고 나니 배가 부르고 이제야 편하게 잠도 잘 올 것 같았어.

'배부른게 좀 살 것 같네그려. 인자 들어가서 잠이나 자야지.'

신랑이 감나무를 막 내려가려던 바로 그때였어. 감나무 밑에서 누군가 말하는 소리가 들렸어. 자세히 들어 보니 장인과 장모였어.

"늙으니 잠도 안 오고 속도 출출헌게 우리 홍시나 따 먹세."

장인은 긴 장대를 가져오더니 감나무 위를 쳐다보며 홍시를 따기 시작했어. 그런데 이를 어쩌나, 감나무 위에서 아무 소리도 못하고 숨어 있던 사위 붕알을 홍시인 줄 알고 비틀어 버린 거야. 사위는 어찌나 아픈지 아이고 나 죽네 소리가 저절로 나올 것 같았어. 하지만 행여 장인 장모에게 들킬까 봐 소리도 못 내고 참다가 그만 나무 위에서 생똥을 부둥부둥 싸 버렸다지 뭐야. 당연히 감나무 밑에서 정신없이 홍시를 따던 장인과 장모가 사위의 똥 벼락을 맞았지.

그런데 장인과 장모가 떨어진 사위 똥이 홍시인 줄 알고 이렇게 말하더래.

"참 이상허네. 올해는 홍시 맛이 참 구리네, 구려." _ 정읍군 북면

8-9. 호박떡은 워따 쓸라고?

성질 사납기로 소문난 처녀가 살았어. 처녀는 어찌나 성질이 사납고 무서운지 혼기가 넘어도 장가온다는 총각 하나가 없었어. 그러던 어느 날, 옆 동네에 나이 들도록 장가 못 간 늙은 총각이 이 소문을 들었어.

'내가 한번 그 사나운 처자 성질을 고쳐서 살아 봐야겄네.'

단단히 마음먹은 총각은 처녀와 혼인하기로 했어. 그리고 혼인 전날 어머니에게 한 가지 부탁을 했어.

"어무이, 내일 장가갈 때 호박떡 쪼매만 싸 줘요."

"호박떡은 워따 쓸라고 그러는디?"

"꼭 쓸데가 있어서 그런게 이유는 묻지 말고 떡이나 해달랑게?"

다음 날 혼인식을 치르고 첫날밤이 되었지. 새신랑이 된 총각은 어머니가 싸 준 호박떡 주머니를 몰래 옷 속에 숨겨서 신방으로 들어갔어. 그리고 성질 사나운 각시가 깊이 잠들기를 기다렸다가 숨겨 온 떡 주머니를 각시 속고쟁이속바지 속에 살짝 넣었어. 각시는 그것도 모르고 쿨쿨 잠을 잤지.

날이 밝자 잠에서 깬 신랑이 이불을 펄럭거리며 코를 킁킁대기 시작했어.

"아이고, 어디서 이렇게 구린내가 난디야?"

신랑은 각시에게 다가가 코를 들이대며 난리를 피웠어. 자다가 깬 각시는 어리둥절하며 신랑에게 말했어.

"나는 아무 냄시도 안 나는디 서방님은 어디서 구린내가 난다고 그러시오? 서방님 코는 참 이상허네."

"아녀. 분명 어디서 구린내가 나는디, 안 난다고 허는 각시 코가 이상헌 거 아녀?"

그러자 각시가 성질을 내며 발딱 일어났어. 그때 각시 가랑이에서 누런 호박떡 덩어리가 뚝 떨어졌어. 그것을 본 신랑이 얼른 줍더니 호들갑을 떨며 말했어.

"에고, 자네 똥 쌌네, 똥 쌌어."

깜짝 놀란 각시는 가랑이에서 빠진 호박떡 덩어리를 자신의 똥 덩어리인 줄 알고 창피해서 뛰쳐나가 버렸어. 그러고는 그 일로 기가 죽어 신랑에게 아무 소리도 못하고 살았대.

그렇게 몇 년이 흐르고 신랑 각시는 아들 삼형제 낳고 잘 살고 있었어. 어느 날 신랑은 갑자기 첫날밤 일이 생각났어. 온순해진 각시를 보며 이제는 말해도 될 것 같은 생각에 자신이 꾸민 일을 각시에게 말했어.

"혼인 전에 자네가 어찌나 사납다고 소문이 자자하든가 내가 자네 버릇 좀 잡을라고 첫날밤에 호박떡 덩어리를 자네 가랑이에 넣어 놨었네그려."

이야기를 들은 각시는 너무 화가 나서 밤새 신랑을 죽도록 두드려 팼대. 그리고 그 뒤로 다시 사나워진 각시한테 신랑은 하루에 세 번씩 두드려 맞고 살았대나 뭐래나. _ 남원군 송동면

8-10. 세 명의 도둑들

도둑 셋이 산을 넘어가고 있었어. 산 중턱쯤에 이르렀을 때, 앞에 돈주머니를 이고 가는 사람을 보게 되었지. 도둑들은 힘을 합해 그 돈을 훔쳤어. 그러고는 산꼭대기로 올라가 돈을 똑같이 나누어 가졌어. 하지만 도둑들은 나눈 돈이 성에 차지 않고 더 많이 갖고 싶어졌지. 이때 도둑 하나가 말했어.

"우리 일도 잘 치뤘응게 기분 좋게 술이나 한잔하면 어떻겄어?"

"그거 좋지. 근디 술은 누가 사 오는디?"

"걱정 말어, 이 사람들아. 술은 내가 가서 사올랑게."

도둑 하나가 술을 사러 산 아래로 내려갔어. 하지만 산에 남은 두 명의 도둑에게는 다른 꿍꿍이속이 있었지.

"저놈을 죽여 버리고 그 돈을 우리가 나눠 가지세."

한편 술을 사러 간 놈도 돈을 더 많이 가지고 싶은 욕심은 마찬가지였어.

'저 두 놈을 없애 버리면 그 돈은 몽땅 내 차지가 되겠지?'

도둑은 사 가지고 오던 술에 몰래 약을 탔어.

두 도둑은 술 사러 간 놈을 죽일 계획을 세웠어. 그들은 돌아오는 길목에 숨어 기다리다가 콧노래를 부르며 술병을 흔들고 오는 도둑을 때려죽였어. 그리고 돈을 똑같이 나눈 다음 기분 좋게 술을 나눠 마셨어. 하지만 얼마 후 술을 마신 두 놈도 죽어 버렸지. 결국 세 놈이 다 죽고 돈주머니만 덩그러니 남게 되었다네. _ 남원군 송동면

8-11. 돌이 말할 때까지 벙어리가 된 며느리

어느 고을에 한 아버지가 곱게 키운 딸을 시집보내게 되었어. 그는 딸의 시집살이가 힘들지 않을까 걱정이 이만저만이 아니었지. 드디어 혼례를 치르기 전날, 아버지는 시집가는 딸의 농 속에 커다란 돌 하나를 넣어 주면서 이렇게 말했어.

"시집가서 이 독돌이 말하기 전까지는 절디 한마디도 하면 안 된다잉."

딸은 아버지의 당부대로 말 한마디 하지 않았어. 그리고 낮이나 밤이나 매일같이 장롱 문을 열어 보며 돌이 말을 하는지 안 하는지 들여다보기만 했지. 하지만 몇 달이 지나도 장롱 속 돌은 말할 기미가 보이지 않았어. 시댁에서는 그런 며느리를 보고 벙어리라고 구박했고 신랑마저 본체만체했어. 며느리는 속이 답답해 죽을 지경이었지.

'그것이 아닌디. 아부지가 독이 말하기 전에는 한마디도 하지 말라고 히서 그런 것인디….'

그렇게 반 년쯤 지났을까. 결국 시댁에서는 말 한마디 못하는 며느리를 친정으로 돌려보내기로 했어. 며느리는 변명 한마디 못하고 시아버지와 함께 친정으로 가는 길을 나섰지. 한참을 가다가 재를 넘게 되었을 때 갑자기 시아버지가 똥이 마려웠어.

"아가, 내가 뒤가 매려서 그러는디 저그서 똥 누고 올 텅게 여그 잠깐 앉아 있거라잉."

시아버지가 똥을 싸러 덤불 속으로 들어갔어. 바로 그때 덤불 속에서 난데없이 꿩 한 마리가 푸드득 하고 날아가더래. 그리고 그것을 본 며느리가 자기도 모르게 이렇게 말하고 말았지.

"이 다리 저 다리 넙적다리는 시부모님이나 데리고[드리고], 이 날개 저 날개 덮는 날개는 남편이나 주고, 꾸역꾸역 목줄뎅이[모가지]는 나나 먹자."

덤불 속에서 똥을 누던 시아버지가 이 소리를 듣더니 깜짝 놀라서 말했어.

"아가, 너 시방 뭐라고 힜냐?"

며느리는 친정아버지의 당부를 잊고 말을 해버린 것이 아차 싶었지만 이미 엎질러진 물이었지. 그래서 그동안 말할 수 없었던 이유를 시아버지에게 말했어. 며느리 말을 들은 시아버지는 박장대소를 했어.

"깨딱하면 중헌귀한 매느리 친정 보낼 뻔혔네그려. 아가 도로 집이 가자."

며느리는 다시 시집으로 돌아와 한평생 남편이랑 아들 딸 낳고 행복하게 잘 살았대. _ 완주군 운주면

8-12. 청어 값이 얼매요

주막에서 주막집 여인과 영감이 서로 싸우고 있었어. 이유는 바로 청어 값 때문이었지.

영감이 청어가 먹고 싶다고 하여 주막집 여인이 숯불 화로에 구웠는데, 다 구워지자 영감이 마음이 변해서 안 먹겠다고 한 거야. 그러자 주막집 여인은 이미 청어를 구웠으니 영감에게 돈을 내라 하고, 영감은 청어를 먹지 않고 냄새만 맡았으니 못 낸다고 싸우는 거였어.

그때 서당에 가던 아홉 살 먹은 아이가 이것을 보게 되었지. 아이는 주막집으로 들어가 영감에게 말했어.

"할배할아버지, 내가 청어 값 갚을랑게 걱정 말고 가쇼잉."

아이는 할아버지를 보내고 호주머니에서 돈을 꺼내 주막집 여인에게 보이며 말했어.

"자, 청어 값이여."

그런데 아이는 주막집 여인에게 돈을 보여 주기만 하고 도로 호주머니에 넣는 거야.

"야가 시방 돈을 뵈 주기먼 하고 도로 가져 감서 돈을 냈다고 헌다냐?"

"할배는 청어를 보기만 헜지 먹지 않았는디 돈 내라고 허는 것은 뭐대요?"

주막집 여인은 아무 말도 하지 못했어. _ 군산시